Frihetsboken IV

26Riket

P M Jonsson

Förlag: BoD · Books on Demand, Östermalmstorg 1,
114 42 Stockholm, bod@bod.se
Tryck: Libri Plureos GmbH, Friedensallee 273,
22763 Hamburg, Tyskland

ISBN: 978-91-8097-030-3

Innehållsförteckning

26Rikets övergripande syfte

I begynnelsen

Förord

Jag är aktivist och skriftställare och har tidigare arbetat inom en internationell människorättsorganisation under 25 år med olika former av publikationer.

Böckerna i Frihetsbokserien är skrivna under pseudonym då jag vill hålla isär mitt tidigare arbete från mitt privata författande.

Den fjärde boken i Frihetsbokserien är en skönlitterär roman skriven i en form jag kallar Handlingsrealism. Handlingsrealism är en avskalad form av skönlitteratur där närmast alla namn, dialoger och miljöbeskrivningar är avskalade. Eliminerandet av allt som skymmer sikten för den primära handlingen. Restprodukten utgörs av själva handlingen.

Med denna bok har jag för första gången valt romanens form för min skriftställning. Ett faktum som inte medför att samhällskritiken uteblir. Den finns där, inbäddad i handlingen.

Kan man döden dö, vakna död och likväl existera? 26Riket ställer frågan och ger svar. Boken är ett existentiellt och filosofiskt verk med många bottnar som får dig att stanna upp, reflektera och tänka efter.

26Riket är en saga om liv och död, om skapande och utveckling, om fostran och lärande, om samhällsuppbyggnad och organisering, om perspektiv och ljusinfall, om mörkret och ljuset m.m. 26Riket är på samma gång en undergångs- och en skapelseberättelse med fokus på bebeoernas tankar och existens.

Låt en förunderlig tankevärld ta form framför dina ögon och följ med på en omvänd resa ifrån tidens ände till tidens begynnelse.

OBS! Kursiverad text utan namnuppgift utgör citat av författaren.

ATT DÖDEN DÖ
&
VAKNA DÖD

Vakna död

Så vaknade jag död, hopkrupen i ett förfärligt syrefattigt och trångt utrymme. Jag började med att tänja, spänna och sträcka på alla delar av kroppen för att öka det fria utrymmet. Jag lyckades till slut arbeta mig upp till knästående ställning och få mer syre. Jag började rensa ibland bråten omkring mig och plockade bort brädor, balkar, stenar och cementklumpar. Jag arbetade mig uppåt och tog spjärn med axlaran och sparkade hål i väggarna för att få fotfäste. Till slut återstod bara ett stor klump cement. Jag sparkade nya hål i väggen och kom högre och närmare klumpen tills jag nått så högt att jag kunde ta spjärn med fötterna och med hjälp av rygg och axlar pressa bort cementklumpen.

Jag klättrade upp och la mig på rygg i bråten för att vila och pusta ut. Liggande, hörde jag ett svagt rop nerifrån högen. Det var en kvinnas svaga rop. Jag började ännu en gång flytta undan stenblock, balkar samt flak och klumpar av cement. Efter en kvart av svettigt och hårt arbete hade jag skapat en öppning stor nog för en människa att ta sig upp igenom. Det var mörkt och dimmigt av rök från cementen men jag sträckte ner en hand och hoppades kvinnan skulle nå den. Jag kände en hand ta tag i min och jag drog allt vad jag kunde uppåt. Hon nådde toppen på sitt hål och klättrade ut. Det var en vacker kvinna med trasiga kläder. Stora hål över långa stycken av klädnaden. Men hon levde, var uppe ur hålet och ute i det fria.

Vi granskade och nagelfor varandra en stund medan vi återhämtade oss. Sedan räckte hon fram sin hand och jag tog den i min. Hon sa: Jag heter Diana och tack som fan för att du hörde mig och hjälpte mig upp. Jag hade aldrig klarat det själv. Jag heter Daniel, och jag är glad att jag lyckades få upp dig. Jag såg mig nu omkring. Högen med allehanda bråte var gigantisk och kom ifrån ett högre hus som rasat samman. Allt som hördes omkring oss var den bedövande tystnaden. Ingen fågelsång, inget sorl av människor. Inga fordon på gatorna.

Jag lät blicken svepa över den märkliga himlen som var delad i en mörk halva överst och en ljusare nedtill. Precis som en sol nyss gått ner och fast den sjunkit igenom horisonten fortfarande gav återsken.

Vandringen

Så gick vi ut ur staden för att söka människorna. Vi vandrade, vi sov i skogen och vi älskade på ängarna. Ja, självklart kom två människor helt utlämnade åt varandra att attraheras av varann och att älska. Vi var ensamma, traumatiserade och hade behov av värme, närhet och ömhet. Vi älskade som vore vi de sista människorna på jorden, på den sista dagen på jorden. Hungrigt och desperat på en gång. Och tänkte var och en på sitt håll samma tanke: Var vi de sista levande människorna på jorden?

Vi upptäckte att vi gärna drack när vi kom till vattendrag och att vi gärna åt av frukt och bär. Dock kände vi att kropparna egentligen inte behövde vare sig maten eller vattnet. Vi drack och åt för det var gott och ingenting annat.

Vi genomkorsade städer, byar, odlingslandskap och vandrade över bergen, genom skogarna samt vadade över floder och älvar. Vi genomvandrade alla de stora och mindre skogarna som dök upp framför oss. Vi sökte människor, vi sökte liv men det fanns bara inte där. Vi var ensamma. Det fanns inga andra människor. Det fanns inte heller några djur, inte ens insekter. Vi var övergivna och utlämnade åt varandra. Efter lång tids vandring kom vi till slut tillbaka till vår utgångspunkt. Ingenting hade förändrats i staden sedan vi lämnade. Vi hade utforskat hela vårt land och nu återstod bara att från andra sidan genomkorsa vår egen hemstad. Vi vandrade gata upp och gata ner. Vi gick igenom parkerna och alla sido- och avtagsvägar men fann ingenting. Byggnader var raserade eller oförstörda men tömda på allt levande. Ingen rörde sig ute längre. Ingen arbetade eller bodde i husen och bostäderna. Vi var allena. Allena för alltid.

När vi kom fram på andra sidan staden passerade vi det raserade huset vi utgått från och fortsatte tills vi var utanför bebyggelsen igen innan vi slog läger på en sommaräng och älskade.

Första samtalet

Efter akten satte vi oss mitt emot varandra och började prata. Vi började med att sammanfatta vad vi visste och vad vi lärt under vandringen.. Det fanns ingen tid längre. Det fanns inga dagar eller nätter. Varje tid på dygnet var densamma som en annan. Ingen skillnad. Himlen förändrades aldrig och morgon, middag, eftermiddag och kväll hade upphört som begrepp. Då det inte fanns några dagar fanns det heller inga veckor, månader, år och inga årstider mer. Ingen vår, sommar, höst eller vinter.

Klimatet skulle inte förändras. Vi skulle framleva i denna skymningsvärld och det skulle jämt vara cirka 19-20 grader, som vi uppskattade temperaturen till.

Det skulle inte frysa, ej heller snöa. Det skulle däremot regna hade vi upptäckt under vår färd vilket var gott så marken ej torkade ut och sprack. Vi skulle aldrig mer se solen, månen eller stjärnorna. Allt var status quo. Nu och för alltid. Vi skulle existera i detta skymningsland, eller kanske rättare sagt i detta land efter solnedgången, där solen under horisonten fortfarande gav återsken. Det var det som återstod för oss. Vår framtid.

Skulle vi kunna leva så? Ja, det var vi eniga om att vi kunde. Vi förstod och var överens om att detta var döden och det som var efter döden. Detta var vad som händer när människor döden dött men ända fortsätter existera. Vi vaknade döda, begravda under bråte, balkar och cement. Det var ingenting då. Det var ingenting nu. För att ingenting kommer att förändras.

Döden hade helt visst rört oss men valt att inte ta med oss. Vi var och är de levande döda, de odödliga döda eller de döda odödlingarna. Frågan vi ställde oss var; kan man verkligen döden dö, vakna död och likväl existera? Vi kan inte skada oss. För vi blöder inte längre av sår. Vi läker däremot ihop. Jag ramlade och bröt armen. Vi stagade upp den och satte den i mitella och den läkte igen. Kvinnan bröt nacken i ett fall nerför en kulle men hon dog inte heller. Vi är och vi förblir. Vi nöts ej av tid eller ålder. Vi existerade bortom och utanför livet. I lite

11

lä för livet där vi inte längre berördes av världens eller livets stormar mer. Vi hade vår egen värld nu.

Hur länge hade vi vandrat runt landet egentligen? Hur länge hade vi varit döda? Det var frågor vi inte kunde besvara eftersom tiden inte längre kunde mätas då inga dagar eller nätter längre existerade. Men hade det någon betydelse? Nej, egentligen inte. Det var livets före-teelser och begrepp som vi fortfarande släpade med oss men som numer saknade värde. Vi fanns bara här och nu. Det förflutna och framtiden var borta och förbi för alltid.

Vi fortsatte prata om vad vi skulle göra nu. Vi var överens om att vi borde ta över något övergivit hus, bosätta oss i det och skapa ett liv (eller hette det kanske skapa en död, för oss?). När vi var klara med hemmet och bostaden, skulle vi därefter diskutera vidare vad vi skulle göra.

Boet

Kvinnan fortsatte: Jag har aldrig sammanbott med någon förut. Har inte haft behov av det. Det är annorlunda med dig. Jag vill alltid ha dig tillgänglig. Inom kram-, kyss och älskogshåll. Jag vill ha dig i min säng när jag somnar och när jag vaknar. Jag vill ha dig utanför och inuti mig. Jag tror det är ett annat sätt att säga dig att jag älskar och behöver dig. Min kropp, mitt hjärta och min hela själ kräver dig och vill ha dig nära. Är inte det kärlek? Jo, det är det, svarade jag och jag vill ha dig på samma sätt.

Vi får börja leta efter ett hus då och även tänka på vad vi vill ha i huset för saker och möbler. Vad vi vill syssla med under evigheten och vad det kräver för utrustning. Vi sover här och sen ger vi oss ut på vandring för att leta bostad. Kommer du förresten ihåg timmerhuset invid ån den första dagen vi vandrade ut från stan? Javisst, sa hon. Där skulle jag vilja bo.

Vi vaknade och vandrade bortåt till huset. Där fanns en öppen brasa och det fanns upphuggen ved utanför samt yxor och sågar. Där fanns en stor sockel som fungerade som sovplats men som krävde madrasser. Vi hittade penna och block i en kökslåda och antecknade madrasser som första komihåg. Böcker kom vi på att vi behövde för att läsa. Kvinnan ville måla och behövde färg, penslar och dukar. Jag behövde skrivmaskin och papper då jag ville skriva. Vi behövde ljus för att lysa upp. El fanns inte längre men stearinljus måste finnas i stadens butiker. Vi behövde vidare gasbindor, desinfektionsmedel, smärtstillande samt plåster för sårvård. Det var så långt vi kom innan älskogs- och sovpasset.

I stugan fanns ett sovrum, ett stort arbetsrum, ett vardagsrum med en öppen spis samt ett kök med vedugn och elspis. Elspisen kunde vi kasta ut då den var oanvändbar. Det fanns en hel del användbara möbler och det fanns en lättviktsvagn, fiskeutrustning och nät i uthuset där merparten av ved förvarades.

Vi satte igång med att bygga vårt hem. När man bygger för evigheten finns ingen brådska för med tidens bortfall försvinner all hets, all jäkt och alla prestationskrav. Allt gjordes för egen eller rättare sagt för vår skull. Det fanns ju bara vi. Så vem annan skulle vi arbeta för?

Besöket

Så fel vi hade om att vi var ensamma kvar. Den tredje dagen i huset knackade det på dörren. Utanför stod en gammal man. Jag var säker på att han skulle avge ett gigantiskt dammoln om jag kramat om och klappat honom på ryggen. Han hade med sig två cyklar som han lutade mot huset och sa att här har ni fordon som ni kan spänna fast framför vagnen i stallet och hämta de förnödenheter ni behöver i staden.

Därefter hälsade han, presenterade sig och sa: Vi såg att ni tog detta huset och det passar utmärkt. Här kan ni stanna och vara. Det finns 12 andra par här i ett relativt stort område. Vi har tidigare språkat om att det ska vara minst 3 kilometer mellan varje bostad så att alla har frihet att leva och klä sig som de vill. De flesta bor dock på större avstånd än så ifrån varandra och det är påbjudet att man ska ringa i en skälla när man närmar sig någon annan. För många bryr sig inte om att bära kläder då vi alla lever i enslighet. Här har ni förresten en enkelt ritad karta över alla bosättningar, med ert eget hus förkryssat.

Vi såg att ni vandrade ut från staden på er expedition för fem år sen och har väntat på er återkomst. Vandringen är nödvändig för den som är död för att ta in och förstå vad för sorts existens som nu väntar dom. Så vi lät er ge er iväg och finna ut att det finns inget mer liv än just här i vårt område. Nu vet ni och kan bygga för evigheten. Om ett eller två år hade vi tänkt sammankalla till en träff för att alla ska lära känna varandra. Jag återkommer då och önskar er lycka till.

Vi kunde nu ta cyklarna och vagnen in till staden och lasta vagnen full med saker vi behövde. En sak som vi aldrig pratat med varandra om är vad vi hade gjort innan vi dog. Det tyckte vi båda att vi borde göra innan vi begav oss till stan så att vi inte missade något vi behöver. Vill du börja, kvinna?

Andra samtalet

Par 1

Gärna det. Jag har alltid varit en vild, stark kvinna vilket gjort att jag stött bort istället för att attrahera män. Jag har inga barn och har inte hellre haft några allvarliga eller långvariga förhållanden med någon man. När jag var yngre hade jag en del kvinnliga vänner men ingen kom mig så nära att vi utbytte väsentliga tankar eller hemligheter.

Jag har alltid varit politiskt intresserad och aktivist. Jag utbildade mig dock till konstnär och försörjde mig på i huvudsak politiska målningar.

Jag var släkt i rakt, nedstigande led med Revo Lutiona som var revolutionens moder och skrev boken Revolution i teori och praktik. Många påstår att det var Reva, målaren Eugene Delacroix odödliggjorde och satte i centrum av sin skildring av Franska Revolutionen 1789. Barbröstad och stridbart höjande den franska nationens flagga.

Så med det påbrået var det naturligt att jag funderade mycket. Jag ville förändra världen. Jag ville vara aktivist och leda. Jag ville medvetandegöra och väcka de som passiva accepterade världens alla orättvisa levnadsförhållanden. Jag ville genom mitt eget levande exempel inspirera och uppmana folket att ta till kamp och göra uppror.

Men jag lyckades inte ta rollen som ledare trots mitt påbrå och mitt konstnärskap. Folkmassan såg mig ej som en del av dem och tog mig aldrig till sitt hjärta. Revolutioner verkställs av massan. Massan strider och vinner kampen som en enad, förenad kropp och ledare och inspiratörer måste vara assimilerade och en aktiv och vital del i massan. Jag blev aldrig inspiratören. Jag blev inte vägen. Jag blev terroristen.

När jag var 30 år anslöt jag mig istället till en radikal grupp som ville störta regeringen. Kamraterna i gruppen var väl det närmaste jag kommit till att ha riktiga vänner. Vi planerade och utförde flera sprängdåd. Gick under jorden och gömde oss i ett undanskymt skogshus. Huset blev vårt högkvarter och platsen vi utgick ifrån när vi slog till. Vi mördade några högt uppsatta politiker och vår ledare och två andra togs till fånga och sattes i fängelse för mord och skadegörelse.

Vi planerade att frita de våra. Vi skulle slå till och ta ut fångvaktarna vid stora porten och under tiden skulle våra män på insidan ha grävt sig fram så de kunde ta sig upp på fängelsegården strax innanför porten.

Det gick två maskinbeväpnade vakter utanför huvudporten. Jag beslöt mig för att distrahera den närmaste vakten genom att gå fram utan byxor och trosor med överdrivet svängande höfter. När vakten hämtat sig ifrån överraskningen att det kom en halvnaken kvinna emot honom så höjde han maskingeväret och riktade det direkt mot mig. Då drog jag jumpern över huvudet och fortsatte helt naken emot honom med svängande höfter och gungande, blottade bröst. Det draget gav min kamrat tillräckligt med tid för att smyga upp bakifrån och skära halsen av vakten. När den andra vakten hörde stök och ljud kom han springande med draget vapen men då hade jag redan försett mig med den dödas k-pist och mejade ner honom med en kort salva.

Under tiden hade våra kamrater fäst en rejäl dos sprängmedel på den bepansrade porten och blåste upp den. Ut sprang våra egna i skydd av rök och damm och kastade sig in i den snabba bil som stod och väntade på dem. Även vi andra kom undan i vår bil och fritagningen lyckades. Polisen genomsökte hela den närliggande staden men vi var ju inte där. Vi gömde oss i skogshuset.

Efter nån vecka fick jag och en annan kvinna i uppdrag att ta oss in till staden och inhandla mat och sprit. Resten är historia. När vi steg ur bilen och inte hade gått mer än cirka 100 meter rasade huset över oss. Min väninna dog direkt då hennes huvud krossades av ett betongblock medan jag fastnade under bråten som jag inte orkade få undan. Turligt nog uppfattade du mina rop på hjälp och kom till undsättning. Det är min historia i korthet om allt som varit av vikt.

Så var det min tur att berätta och jag började med att berätta att jag har alltid älskat starka kvinnor. Många män är livrädda för en vacker, intelligent och självständig kvinna. De är svaga män som ej är säkra i sig själv och i sin manlighet. Män som ej har det intellekt eller det själsliga lugnet att betrakta en stark kvinna som en tillgång istället för ett hot. Svaga män förmår helt enkelt inte att sätta värde på att ha ett smart bollplank. En partner med ett annat perspektiv på problem varför det istället för kanske en lösning plötsligt finns flera idéer med olika perspektiv och därigenom en betydligt större möjlighet att finna den bästa lösningen.

Sån är inte jag. Jag älskar min kvinna just för att hon är stark och intelligent. Jag är man nog att stimuleras och kunna sammanleva med en sådan kvinna. Att lyssna in hennes åsikter, föra en öppen diskussion med om jag har en avvikande åsikt samt tillse att vi diskuterar oss fram till en ståndpunkt som vi båda kan acceptera så kärleken och förhållandet överlever. Jag vill att vi ska vara och motsvara varandra. Du är en stark, vacker, kurvig och köttig kvinna. I makt av din nakna underbarhet åtrår jag dig och vill ha dig som min kvinna. Jag älskar dig.

Jag växte upp som arbetargrabb i slummen. Pappa hade olika ströjobb vilket var det sätt som männen inom vår klass drog sig fram. För kvinnor var det närmast omöjligt att få ett arbete. Jag såg fattigdomen och eländet i min krets och beslöt att utbilda mig till jurist för att kunna hjälpa mina egna. Mina kamrater och våra föräldrar utnyttjades grovt av arbetsgivare såväl som hyresvärdar och det fanns ingen med kunskap som ville hjälpa dem. Och fann vi någon så hade vi ändå inga pengar att betala för hjälpen. För en fattig är livet ofta som ett hopplöst ekorrhjul där såväl möjligheter som resurser ständigt fattas.

Så jag läste fram till jurist och fick min examen. Jag hade inte en tanke att som mina kurskamrater göra tingstjänst för att därefter söka mig till en advokatbyrå och bli advokatbiträde. Nej, så fort jag var färdig jurist satte jag upp en liten brädhytt och tog mig an mitt folks problem och ärenden.

Jag trivdes storligen med att hjälpa mina vänner. Men jag blev knappast fet då mina vänner inte hade pengar att betala mig. Dock skänkte de mig mat, bjöd mig hem på mat och dryck och samlade till min månadshyra så jag hade tak över huvudet och en säng. Så gick mitt liv

med arbete, goda vänner och kvinnor som ibland tackade mig säng-
vägen för min hjälp. Jag har inte heller haft något förhållande att tala
om. Det har varken funnits tid eller pengar för kärleksrelationer på
grund av arbetet. Så det har varit få korta förhållanden som handlat
betydligt mer om sex än om kärlek.

Att skapa en existens

Vi gick i gång med att ordna för återstoden av vår död. Det första steget var att spänna våra cyklar för vagnen och dra in till den raserade staden.

Vi sprang in och ut ur affärer hela dagen för att få ihop vad vi planerat. Vi började med våra arbetsverktyg. Vi lastade dukar, penslar, färger, kritor, kol och diverse målarverktyg på vagnen. Därefter hittade vi en mekanisk skrivmaskin, skrivpapper, pennor och block. Massor med levande ljus och tändstickor. Tallrikar och bestick. Köksutrustning för matlagning när vi ville ha myskvällar. Vin, första hjälpen saker som plåster, gasbindor, desinfektionsmedel och smärtstillande medel. Sängmadrasser och sängkläder. Vardags- och arbetskläder till oss bägge.

Därefter tog vi god tid till att gå igenom bibliotekets böcker och försåg oss med 500 olika böcker att läsa. Vi tog hängmattor, solstolar, utemöbler som soffor och stolar att kunna sitta ute och skriva, måla, läsa och bara vara och njuta. Vi bunkrade alla inköpen i en hög och sen körde vi lass efter lass från staden till skogshuset och tillbaka igen för ny lastning. Det tog oss några dagar men när vi var klara var vi väldigt stolta och nöjda med vår prestation.

Vi slocknade och när vi vaknade älskade vi och sov sen igen. När vi vilat ut började vi ordna med våra inköp som att få in dem i skåp och olika rum samt utomhus. Vi hade upprättat sängplatser, arbetsplatser, uteplatser och ordnat med böcker och ljus m.m.

Vi var färdiga med att planera, hamstra och arrangera. Nu kunde vi börja arbeta och njuta av tiden framåt. Vi var klara för verket som ingen någonsin skulle se som inte var del av de levande dödas kollektiv. Men vi arbetade för egen del, för oss själva och varandra och vad är väl all form av konst om inte ett verk för själen? För den egna själens stillnad och utveckling?

Uppbyggnad & Organisering

Landsmötet

Så var det äntligen dags för det första Landsmötet för de döda levandes samhälle. Namnet Landsmötet var väl något förmätet och pretentiöst men fick gå för det första mötet innan ett nytt namn beslutats.

Högst på agendan för mötet stod frågan om hur döden skulle organiseras. För organisering var ett måste även om det inte fanns några prejudikat hur döden kunde eller borde organiseras. Vi var pionjärer på området.

26Riket, var en ung indiankvinnas förslag på nationsnamn och för Landsmötet föreslog hon *Mötet*. När det avsåg nationsnamnet fann vi förslaget genialt då fler beboer knappast skulle uppenbaras tolv år efter de första ankommit. När det handlade om den till formatet lilla sammankomsten var *Mötet* ett lika enkelt som korrekt namn. Så kvinnans båda förslag antogs enhälligt och snabbt. De församlade beslöt också att *Mötet* skulle hållas årligen vid denna tidpunkt.

Mötet beslöt därefter enhälligt att byta ut ordet medborgare och istället använda begreppet *Beboer*. Varför namnskiftet? Vi ansåg att det var alltför förmätet för 26 personer att kalla sig medborgare. Vi var inget land i egentlig mening. Vi bebodde ett rike. Ett mindre avgränsat område och vi var till antalet endast 26 stycken. Därav det anspråkslösa *26Riket* samt att benämna invånarna beboer.

Mötet beslöt därefter att som sakkunnig ge mig uppdraget att ta fram 26Rikets grundlag såväl som en brottsbalk för vardagliga brott. Mötet beslöt att tillsätta ett rättsråd bestående av fyra personer, två kvinnor och två män varvid lotten vid varje beslut skulle fälla avgörandet om vilken rådspersons röst som skulle räknas dubbelt vid lika röstetal.

Vid första mötet tog vi också upp frågan om bebeoernas brottsregister. Det framkom att en del var dömda för brott och även avtjänat straffpåföljd i fängelse medan andra fått villkorlig dom eller dagsböter för sina brott. Flera beboer var således dömda för olika former av brott. Dock inte för brott som hade betydelse för deras beboende i vårt rike såsom kvinnomisshandel, kvinnofridsbrott, sexbrott, grov misshandel med flera brott. Vi ansåg därför att de var dömda men de hade avtjänat sitt straff och därmed sonat sitt brott. Vi som beboer var därför skyldiga att betrakta de dömda som likvärdiga medborgare och ge dem en andra chans. Så vi konstaterade, accepterade, brände pappren och gick vidare. Inga sonade brott skulle läggas någon till last framöver. Då tiden inte var en faktor här kunde tiden inte få oss att glömma och inte heller kunde tiden läka alla sår. Därav det definitiva avslutandet i sakfrågan.

En het diskussion uppstod dock kring min kvinnas brottslighet sprängdåd, skadegörelse samt mord på en fängelsevakt m.m. Hon förklarade att det var brott direkt bundna till en specifik samhällssituation. Riktade mot en icke-legitim regim som kommit till makten via en militärkupp och inte genom fria val. En regim som mördade, terroriserade, misshandlade och fängslade alla oliktänkande. I ett land där ledningen var folkvald och inte terroriserade medborgarna skulle hon aldrig begå sådana brott. Men i ett land där demokrati och mänskliga rättigheter satts ur spel var det försvarbart samt varje medborgares plikt och skyldighet att göra motstånd och använda sig av utomrättsliga metoder vid behov. Efter en lång diskussion med många turer och åsikter röstade en knapp majoritet i min kvinnas favör. Hennes brott skulle anses ha varit godtagbara i den kontext de utfördes varför de inte skulle läggas henne till last framöver trots att hon inte hade sonat sina brott. Angående den soldat som räddat livet på sina medsoldater samt kvinnorna i en by bedömdes hans gärningar såsom skett i nödvärn då han räddat livet på en rad människor. Inte heller hans gärningar skulle därför läggas honom till last.

Mötet beslutade att alla beboer skulle vara jämlika och ingen skulle bestämma över någon annan. Det innebar att ingen ledare skulle utses utan endast olika funktioner tillsätts utefter kriterier som handlade om kompetens och intressen. Tillsättandet av rättsrådet och dess ledamöter ansågs falla under kriteriet för funktions- och kompetenstilsättning. Vid varje möte skulle en ny mötesordförande och protokollförare utses. *26Riket* kunde därför sägas vara en sann demokrati där ingen kunde födas till eller ärva en titel och ingen heller kunde väljas till en position högre än någon annan. Alla beboer i 26Riket ägde en röst vid varje omröstning och vid lika antal röster avgjorde lotten.

Funktioner

Mötet beslutade att tillsätta ett antal permanenta funktioner för att underlätta våra oliv. De som utsågs att handha ansvarsuppgifterna skulle inneha posterna tills de själva avgick eller någon tog upp frågan om hur positionen sköttes.

Posterna vi tillsatte var följande: Vinbryggare, Tideräknare, Bestraffare, Cykelansvarig, Vagnansvarig, Sammankallande, Sjukdomsansvarig, Ljusstöpare, Inköpsansvarig, Budbärare, Sömnadsansvarig, Byggnationsansvarig samt Skogsansvarig. Fler poster tillsattes inte vid första *Mötet*.

Vi hade nu en grund att bygga vidare på och fler poster kunde tillsättas alternativt avskaffas vid det årliga *Mötet* utefter att behov förelåg eller upphörde.

Förteckning av Funktioner samt funktionens ansvarsuppgifter

Vinbryggare: Personen skulle i staden införskaffa nödvändigt material för bryggning, plantering, uppdrivande av vinstockarna samt drivandet av själva druvodlingen. Personen hade ansvaret att sköta vinodlingen samt brygga så mycket vin att minst 8 liter per par och hushåll kunde tilldelas månadsvis.

Tideräknare: Tideräknaren hade från *Mötet* i uppgift att samla 365 trästycken i en låda för att beräkna vårt tidsmått för året. Tidsberäkningen var ett väldigt grovt mått då den byggde helt på Tideräknarens personliga sovperiod. Varje gång tideräknaren vaknade upp efter sin sömnperiod skulle han lägga ett trästycke i lådan. När 365 trästycken samlats skulle han meddela *Sammankallande* att det var dags för det årliga *Mötet*. Redan på det andra, årliga mötet avskaffades funktionen då vi ansåg det onödigt att ha en Tideräknare då tiden som begrepp var otidsenligt och intresset för tiden snabbt närmade sig noll då beboernas död ändå aldrig skulle inträffa.

Sammankallande: Personen som skriver ut kallelser till möten och överlämnar till Budbäraren att förmedla till beboerna i *26Riket*.

Bestraffare: Person som planerar och verkställer de straff som rådet dömer ut.

Cykelansvarig: Ansvarig för reparationer av beboernas cyklar samt eventuellt byggande av nya cyklar efterhand som de slits ner.

Vagnansvarig: Ansvarig för reparation av vagnarna och eventuellt byggande av vagnar.

Sjukdomsansvarig: Doktorn

Ljusstöpare: Ansvarig för att stöpa ljus, lägga upp lager av färdig ljusmassa samt införskaffande av beståndsdelar till att tillverka ljus inklusive vekar.

Inköpsansvarig: Ansvarig för införskaffande av materiel och mat till beboerna.

Sömnadsansvarig: Ansvarig för att sy upp och reparera kläder, gardiner, dukar m.m.

Byggnationsansvarig: Ansvarig för att sätta upp ritningar över nybyggnationer om behov uppstod samt fungera som arbetsledare vid nybyggnationer eller renoveringar.

Skogsarbetare: Handhavandet av skogen samt huggande och nersågande av träd. Personen hade även ansvaret att såga upp och hugga ved till beboerna samt plantera nya träd.

Budbärare: Budbäraren hade som uppgift att förmedla budskap till beboerna eller viss grupp inom. Sammankallande eller enskild beboer skulle gå till budbäraren för att få förmedlat ett bud till viss eller vissa person eller som i Sammankallandes fall till samtliga beboer. Till sin hjälp hade budbäraren en handdriven stencileringsmaskin där han tog fram så många kopior av ursprungsmeddelandet att det räckte till alla som skulle få budet. Budbäraren kunde därefter via fot eller cykel förmedla budskapen till berörda/berörd.

Rättsrådet

Landsmötet valde ett Rättsråd att döma i tvistemål, brottsmål samt grundlagsmål. Rättsrådet fungerade således även som Författningsdomstol dit beboerna i *26Riket* kunde klaga och få en ny lags legalitet prövad gentemot Grundlagen. Rättsrådet skulle bestå av en röstberättigad ärendeföredragande och tre ledamöter. Vid lika röstetal avgjorde lotten olika beslut.

Rättsrådet hade att tillse att en ärendeföredragande ledamot besatt juridiska kunskaper och om så inte var fallet vid valet skulle rådet ålägga personen att instudera lagen. Alternativt välja en ny ärendeföredragande.

Till Rättsrådet utsågs jag som ärendeföredragande. Folkombudskvinnan, Aktivisten samt Prästinnan var de övriga som tog plats i Rättsrådet. Det fanns förvisso en kvinnlig advokat också bland oss döda levande men hennes yrkeskarriär uppvisade knappast de moraliska anslag som efterfrågades i ett rättsligt råd. Det fanns ju heller inga pengar att förtjäna på att sitta i rådet...

Lagen

Landsmötet beslöt att vi skulle ta fram vår egen grundlag samt lagstiftning gällande olika former av brott. Även om vi alla var döda måste vi skapa en struktur att existera inom. En ram så att vi behandlade varandra anständigt, moraliskt korrekt och i enlighet med lag.

Då jag hade utbildning i juridik föll ansvaret på mig att ta fram lagarna. Jag bad dock att få ha Folkombudskvinnan till min hjälp i arbetet, vilket enhälligt bifölls.

Vi började med att rent översiktligt tänka över förutsättningarna. Dödsriket beboddes av 26 personer. Här fanns afroamerikaner, latinos, asiater, vita samt ursprungsbefolkning som indianer och aboriginer. Vi hade vidare katoliker, judar, kristna, voodooutövare, buddhister, hinduer, islamister m.fl. religioner i vår samling. Vi var i åldrar från 18 år upp till 75 år. Vi hade en enorm åsiktsbredd spännande från nazister till långt ut på vänsterkanten. Vi hade homosexuella män, lesbiska kvinnor, nunnor och heterosexuella män och kvinnor. Vi var med andra ord som ett tvärsnitt av den levande världens befolkning.

Nazisten förkastade snart sin ideologi då han lärt känna och fått hjälp under åren både av de färgade och indianerna. Han insåg att hans ideologi var otidsenlig och omöjlig att både tro på och verka utefter i vår lilla värld, där samarbete var allt.

Nunnan och de övriga religiösa insåg att deras tro hade lurats på dem. Det fanns inget paradis, ingen himmel och heller inget helvete. Allt var sagor och lögner och inget av värde. Det fanns därför heller inget behov att fortsätta tro eller utöva någon religion längre.

Med grundlagen skulle det bli relativt enkelt. Den måste bygga på allas likhet och lika rättigheter, utan undantag. Att ta fram den enskilda lagstiftningen skulle bli svårare. Vi kunde ju exempelvis inte döma ut dödsstraff då ingen kunde dö här. Vi fick tillgripa exakt rättvisa helt enkelt.

Att döma människor till döden kunde inte komma ifråga hur grova brott de än gjort sig skyldiga till. Du kan inte döden dö här. När du är död så är du död och fortsätter vara död. Det är själva dödens innersta och grundläggande essens även om just vi inom 26Riket existerade vidare som om döden aldrig hade hänt.

Livstids fängelse var ju också ett straff som var alltför hårt att tillämpa. Inte nödvändigtvis på grund av brottets art men på grund av de orimliga följder med bevakningsresurser straffet skulle dra med sig. Vi skulle behöva tillämpa straffet i 1000-tals år och vem skulle vilja ta på sig en vaktroll för något som kunde pågå för alltid? Dödsstraff och livstidsstraff föll därför på orimligheten i verkställandet.

Öga-för-öga principen var den enda möjliga straffpåföljden för att offren skulle känna att rättvisa skipades. Samma skada som åsamkats offret skulle tillämpas gentemot den utförande. Principen skulle gälla för alla brottsliga gärningar inom brottsbalken. I de fall där offret saknade möjligheter att verkställa straffet, fysiskt eller psykiskt, så skulle en särskilt utsedd Bestraffare utdela straffet i offrets ställe.

Grundlagen

26Riket utgör en demokratisk, frivillig sammanslutning av människor byggd på frihetlig grund. Alla människor är lika och skall som likar behandlas oavsett omständigheter. Ingen skall var förmer än en annan. Ingen skall vara mindre värd än någon annan.

För att ändra en grundlag eller införa en ny grundlag krävs 2/3 majoritet.

26Riket skall inte ha någon rikesreligion. Inga som helst former av byggnader för religioners utövande ska heller vara tillåtna att uppföras. Alla äger dock fortfarande en absolut rätt att utöva sin religion.

Rätt till Rättsrådsprövning och dom: Alla beboer har rätt att få sin sak prövad i Rättsrådet. Oavsett klagans innehåll.

Ingen beboer ska utsättas för olaga frihetsberövande utan att dom föreligger förutom under utredning av brottsmisstankar. Ingen form av frihetsberövande under utredning får äga rum under mer än max 72 timmar. Inom den tidsramen skall Rättsrådet ha fattat beslut om straffpåföljd samt tillsett att straffet verkställts.

Alla beboer äger fullständig rätt till privatliv och fredat hemliv. Ingen har rätt att spionera, smyga sig på, kränka eller diskriminera en annan beboer. Förbudet mot spionage avser all form av användande av kikare, kameror eller annat instrument för att förstora synfält och förminska avstånd gentemot annan beboer.

Ingen äger heller rätt att utan tillåtelse passera igenom eller vistas i närheten av annans hemområde. Ett avstånd på 400 meter skall alltid iakttas. Därefter ska besökaren förvarna via blåsande i visselpipa eller ringande i skälla. Förbud råder även mot all annan form av intrångande på privat område som husrannsakan, hemfridsbrott, olaga intrång eller inbrott.

I grundlagen fastslås varje beboers rätt till absolut frihet. Varje beboer äger rätt till Tanke-, Samvets-, Religions-, Åsikts-, Yttrande-, Mötes- och Föreningsfrihet.

Varje beboers absoluta rätt till *Frihet* innefattar alla former av sexuella uttryck som sker på frivillig basis, ej skadar partner eller sker under tvång. Undantag utgörs av alla former av sexuella handlingar riktade emot minderåriga beboer, vilka alltid är förbjudna och straffbelagda inom 26Riket.

Varje beboer äger rätt att ingå äktenskap och bilda familj samt ha gemensamt boende. Detta oavsett ras, kön eller sexuell läggning m.m.

Varje beboer som uppnått myndighetsålder äger rätt att rösta och innehar 1 personlig röst vid *Mötet*. Rösträtten kan ej inskränkas av lag eller beslut. Vid lika röstetal i enskild fråga vid *Mötet* dras lott vilken persons röst som ska vara avgörande i rösträkningen.

Ingen beboer får utsättas för slaveri, tortyr, tvångsarbete, förnedrande eller kränkande behandling. Förbudet är absolut.

29

Ingen beboer får utsättas för diskriminering eller åtskillnad oavsett grund såvida inte diskrimineringen eller åtskillnaden bygger på straffpåföljd för utförd brottslig handling, fastställd av Rättsrådet.

Ingen beboer får utsättas för särbehandling. Med särbehandling avses såväl positiv som negativ särbehandling.

Underlåtelselagen och Civilkurageprincipen: Utefter nedanstående paragraf kan inte bara den som gör sig skyldig till ett brott straffas utan även den som underlåter att ta sitt ansvar att förhindra att brottet äger rum. Den som döms enligt underlåtelselagen kan bestraffas med halva den straffpåföljd som den som dömts skyldig för brottet.

Den som underlåter att handla trots att den äga insikt, och trots förmågan att avbryta eller förhindra övergreppet, skall anses vara i lika mån skyldig som förövaren. Att välja icke-handling är lika mycket ett aktivt och medvetet val för den passive som att välja handling och övergrepp för den förövande. Och icke-handlingen leder lika säkert mot övergreppet som förövarens handlingsval.

Det sista valet

Beboerna

Landsmötet avslutades med att alla skulle berätta sitt livs historia inför samtliga andra beboer inom *26Riket* med avsikt att alla skulle lära känna varandra.

Min och Dianas historia har ni redan hört så här följer livsteckningarna från de andra beboerna i *26Riket.*.

Par 2

Prästen

Redan som barn blev jag troende genom mina föräldrars vana att gå i kyrkan. Om kyrkobesöken handlade om tro eller ren rutin kan ju i efterhand starkt ifrågasättas. Jag tvekade dock aldrig. Jag var för liten att ifrågasätta och antog självklart att tron följde med livet. Det var bara så det var att det fanns en gud som ingen sett men som ändå styrde allt som hänt och skulle komma att hända.

Mitt liv gick ifrån barnsben helt i religionens tecken. Jag gick i kyrkan och var aktiv som körsångare, ungdomsledare samt utbildade mig till präst. Jag tillhörde aldrig tvivlarna. Min tro var allvarligt menad och gränsade närmast till fanatism. Likväl stod jag inte bakom kyrkans livsförnekande dogmer som saknade all rot i den kristna läran. Varför skall människan i religioners namn förbjudas alla livsbejakande aktiviteter? Varför ser kyrkan snett på och förbjuder dans, alkohol, tobak och en mängd andra saker. Det står inte om några sådana förbud i de heliga skrifter de ska leva efter. Då ska vi människor heller inte syssla med att skapa sådana förbud. Även kristna och andra religiös ska kunna ha roligt och äta, dricka och dansa. Det är inte vanhelgande mot någon gud så länge inte gudarna själva i de heliga skrifterna har förbjudit det. Religionen är därvid precis som lagen. Är det inte förbjudet i lag eller bibel så är det tillåtet. Enklare än så kan det inte vara.

Med åren blev jag dock alltmer medveten om världen ikring mig och religionernas djupa involvering, historiskt såväl som i nutid, i krig och förföljelser vilket började störa mig alltmer. En kväll satte jag mig ner och sammanfattade mina nyväckta tvivel i en text. När jag läste igenom texten efteråt slog det mig att jag var med stora steg på väg att lämna religionen bak om mig:

Hur kan människor tillbe en gud som sanktionerar massakrer?

Jag sitter på min kammare, grubblar och funderar över människors behov av tro och religion.

Alla stora världsreligioner har begått folkmord och en rad andra vidriga dåd. I de olika gudarnas namn startas krig, mördas, torteras och våldtas oskyldiga civila. Vissa religioner låg bakom Häxjakten och brände, hängde och halshögg människor. Inom en annan religion frodas en pedofilkultur där präster och kardinaler våldtar korgossar. En tredje religion utför terroristdåd och behandlar kvinnor som fångar och lågtstående djur. Korstågen hade ihjäl en lång rad människor. Andra troende mördar än idag andra religiösa för de tror på en annan gud vilket till synes ger frisedel att på de mest barbariska sätt spränga och bränna människor. Ja, uppräkningen kan göras oändlig för vad var och en religion ligger bakom.

Jag förstår helt enkelt inte varför människor utan skuggan av ett bevis på någons guds existens likväl blint kan tro på ett väsen som aldrig har visat sig för dom? Ett abstrakt väsen som ej går att se, höra eller ta på? Det är och förblir för mig en stor gåta. Speciellt emedan deras gudar inte bara tillåter grymma, omänskliga våldsdåd utan även tillåter den enorma ojämlikheten i världen av fattiga och rika, av män och kvinnor, av fria och ofria folk, av systematisk och strukturell rasism.

För hur kan människor tillbe en gud som tillåter sina tillbedjare att begå fruktansvärda övergrepp och missdåd?

Hur kan människor tillbe en gud som inte bara tillåter människor att begå dessa fruktansvärda missdåd mot sina medmänniskor utan även sanktionerar att våldsdåden görs i gudens eget namn?

Hur kan guden stillatigande höra och se på hur hans religion och hans gudlighet missbrukas och används på ett sådant sätt som direkt borde strida mot allt vad gott är i gudomen?

Hur kan en religion stadga att älska din nästa för att i nästa sekund tillåta massakrer av de troendes nästa? Borde inte sådana händelser få människor att vakna upp ur sin gudshypnos och ta avstånd från religionen? (Författaren)

Jag förstår inte och kommer med all säkerhet aldrig att göra det heller. Men så lever jag också som jag lär och tar avstånd från all skenhelighet, all ojämlikhet, all ofrihet, all rasåtskillnad och allt vettvilligt våld. Men det är jag det och inte de religiösa. Tog ni religiösa till er någonting av vad jag skrev ovan, är frågan?

Efter att jag publicerat texten i kyrkotidningen lämnade jag in min avskedsansökan och gick mig bort när jag fick en hel byggnad över mig och vaknade upp död efteråt.

Jag måste tillstå att det här med oliv, att vi blev döda levande störde mig väldigt svårt under många, långa år. Denna plats där vi nu lever är ju ingenting annat än ett levande bevis på att gud, djävulen, himmel och helvete inte existerar och heller aldrig har gjort så. Jag kände mig djupt och personligen bedragen. Jag tog till mig en tro och gick i bräschen för att försöka frälsa så många själar som möjligt. Jag predikade idogt och jag arbetade för min högre herde med att leda församlingens alla får och dra omsorg om dom.

Mina ord visade sig dock helt sakna substans. De var lögner, myter och sagor som jag skammas för att inte ha genomskådat. Jag har gått igenom hela livet med ett naivt, blåögt filter framför ögonen. Jag vet nu och förstår att en Gud är ett mytologiskt sagoväsen som inte överlever tidens granskning när den inte finner tillbedjare.

Jag tappade totalt min tro. Det går inte att ljuga för sig själv och inbilla sig något som inte är sant när den värld man lever i är ett uppenbart bevis för motsatsen. Det är bara att erkänna att man misstagit sig och låta hela ens livsverk rasa samman.

En fråga fortsätter dock att pocka på en lösning. Varför har just vi, 26 människor, belönats och/eller bestraffats med detta oliv? Vi har inga gemensamma nämnare, så hur och vem har plockat ut, valt oss och utefter vilka kriterier och parametrar? Den biten fortsätter jag att begrunda och kommer troligtvis att grunna på i resten av min död även om jag starkt lutar åt att det var ren slump som valde oss.

Jag måste även försöka skapa en ny mening med existensen då jag tappat bort mitt själva syfte. Sådant tar tanke. Det är som när man flyttar in i en ny bostad. Alla ens saker kan inte finna sin rätta plats direkt och vissa ytor kan inte möbleras eller dekoreras förrän man vet vad just där ska placeras. Man får helt enkelt leva i den nya bostaden tills man inser vad som passar för just det utrymmet. Ibland finner man kanske aldrig något som kan fylla det tomma utrymmet. Då ekar ens tomma liv vidare tills ljuset försvinner för gott och man bara dör utan att ens märka det. Liket sprattlar vidare i sin charad och fortsätter fast man själv hoppat av tåget och står ensam kvar på en öde perrong. Så kan jag dock inte lämna frågan kvar. Jag kommer att existera för alltid och måste därför ge min existens en avsikt.

Jag är inte där ännu, där jag funnit något syfte och kanske kommer jag heller inte dithän på länge, ack länge ännu. Men jag söker aktivt och hoppas och tror att jag någonstans kommer att finna en ny bestämning och syfte.

Det är svårt att fortsätta existera som ett tömt kärl men det går. Det får gå. Det måste gå tills jag finner den tavla med en bild som talar till just mig och jag förstår att jag funnit min fortsatta mening och kan fullända min bonings möblering. I en bild som bara är min att förstå och ingen annans. Kanske har inte ens konstnären förstått vad den han/hon kan tänkas säga just mig. Budskapet kanske kan vara fördolt till och med för den skapande men likväl tala högt och tydligt till rätt betraktare.

Prästinnan

Min man är religiös. Det är inte jag. Jag är ateist. Det sägs att lika barn leka bäst, men det tror inte jag. Jag tror att motsatser är mer givande och att samtalen där vi försöker övervinna vår partner berikar, utvecklar, fruktger och vitaliserar förhållandet. Stimulerar, utmanar, skärper sinnet och vässar argumenten. Vi borde varit kontraherande krafter men istället blev vi attraherande just på grund av våra motstående åsikter. Min man borde sett mig som fienden, den i tron otrogne. Men det gjorde han aldrig.

Vad gjorde då att vi drogs till varandras motsatser? Var det en drift att utforska fiendens kompetens och intellektuella kapacitet? Att lära sig fiendens logik och tankemönster för att kunna nedgöra dem? Jag vet inte. Vi skänkte varandra sakskäl och satser att använda i våra respektive arbeten. Vi visade varandra på svagheterna i våra sakskäl och tvingade därvid varandra att skärpa och utveckla våra argument. Vi prövade och övade våra slutsatser tills svagheterna i resonemangen uppenbarades och kunde skärpas innan det blev skarpt läge mot en yttre verklig fiende. Vi lärde oss så att även en motpart kan fungera som en musa.

Jag var en trolös författare. Jag var aldrig någonsin otrogen och jag kritiserade aldrig min mans arbete men jag jag skrev djupt samhällskritiska böcker där alla former av religion fick sin glödande sked av helveteseld från min penna över sig. Jag skydde inga medel. Jag sparade ingen eller inget. Det fanns inget heligt i mitt liv som jag inte kunde angripa förutsatt att jag ansåg det vara fel.

När man skriver på detta sätt, att man inte håller något för heligt och riktar pennans udd åt både det ena och andra hållet, skapar du en mängd olika fiender. Jag var inte rädd ty jag visste jag var mentalt starkare än dessa människor. Men de gaddade ihop sig. Bildade fraktioner och kollaborerade med makten och makten blir vaksam när någon vinner gehör hos allmänheten samt växer sig starkare och allt större i orden. Staten tål inte konkurrens. Så gick det som det gick när fiender bildar oheliga allianser, att makten ger efter, handlar och eliminerar motståndet.

Liksom polisen i många andra länder så slog de in dörren i gryningen.

Människor sover vid den tiden och är som mest försvarslösa och fog-
liga. I många fall även nakna och utsatta. Staten hade fattat beslut att
jag skulle avtjäna så kallad administrativ internering. Jag sattes i fän-
gelse utan möjlighet att överklaga eller driva saken till domstol. Straf-
fet var 1-årigt men kunde vid varje årsslut förlängas med ytterligare
ett år, vilket i mitt fall gjordes nio gånger.

Jag hade fallit i onåd hos staten. Målet med internering var att man
skulle falla i glömska och på lång sikt bli till ingen och ingenting. För
makten visste att nämns du inte och hörs du inte i debatten så glöms
du med tiden bort och raderas ur folks minne. Du blir avaktualiserad,
tillintetgjord, politiskt och yrkesmässigt död. Staten behöver inte döda
sina fiender. De har andra vapen. De sätter dig och dina ord i fängelse.
De tystar dig genom att förvara dig tills du är bortglömd. *Från slutna
läger hörs inga röster mer. De är för alltid tystade.*

För en författare är straffet hårt. Du har dömts utan rättegång till
tystnad. Och om verk inte produceras med jämna mellanrum, så du
hålls aktuell och vidkommande, försvinner din skrift. Dör din röst bort
i vinden.

Du har avtagits dina vapen och fråntagits din själva bestämning. Din
identitet är borta och du saknar sammanhang. Du är vilse och har
ingen tillhörighet. Vad ska du då göra, lilla råtta?

Jag tillhörde de som vägrade underordna mig makten. De som inte
böjer nacke utan stolt stirrar motståndarna rakt i vitögat. Dessa måste
staten knäcka. Dessa måste förföljas, trakasserats tills de bryts ner,
böjer sig och fogar sig. Rättar in sig i ledet.

Jag böjde mig dock inte. Jag rättade aldrig in mig i ledet. Jag bestäm-
de istället att inte låta straffet och fängelsevistelsen definiera mig utan
att stå upp för och behålla min identitet intakt. Jag var tvungen att
bjuda upp till kamp, att ta strid för att behålla min identitet, min själ
och själva mitt jag. Mitt allt. Mitt liv.

De utsatte mig för tortyr, sexuella övergrepp, skendränkningar, för-
störd sömn på grund av konstanta förhör och lampor som aldrig släck-

tes. Jag hade kontaktförbud. Inga besök, inga telefonsamtal och inga brev fick sändas eller mottagas. Jag var helt isolerad från omvärlden och kunde inte heller via tidningar, radio eller TV ta del av vad som hände utanför fängelset. Jag fanns ingenstans mer än djupt inuti mig själv.

Min själ gömde jag dock. Den kunde de aldrig skada. De kom helt enkelt inte åt den. Själen kan helt enkelt inte utsättas för husrannsakan. När jag förstod vart det barkade sände jag den långt inåt landet att vandra bort på hemliga stigar som bara jag som skapat dem kunde finna. Så hur de än slog och torterade mig kom de aldrig åt min kärna. Jag var helt enkelt inte där. Min själ var alltför djupt begraven. Jag försvann helt enkelt in i något större än mig och gömde mig där tills jag var säker igen.

Inte heller nådde de fram till mina tankar, drömmar och idéer samt ej heller till mina planer. Jag packade dem väl och tog dem med när jag reste längre inåt själen till. De kom inte åt mig och mitt. Svårt innesluten i mig själv, sedan länge omedveten om världens gång och händelser. Endast en tärd och hårt ansatt ljusveke fladdrade i den själ som var jag. Men jag höll lågan tynande men brinnande. Jag skrev i mitt inre anklagande, rasande skrifter där jag slog tillbaka. Det var mitt glödgade raseri som höll min låga brinnande även i den mörka oförsonliga värld jag vistades i.

Jag vill avsluta med ett litet poem för att visa vem jag är. Jag kallar den:

Minns alltid din herre

Staten är som en falktämjare. När den vill kortar den linan och minskar vår frihet. Den kan dock även öka vår frihet. Ge oss mer lina. Skapa en illusion av nästan gränslös frihet och rymd. Allt för att göra oss för stunden lyckliga och få oss att känna oss lojala mot vår herre.

Låt dig dock aldrig luras. Närhelst den vill kortar den snöret, halar in och återkallar med ett ryck i linan. Hårt, så vi förstår vår plats och vem som har makten. Större är aldrig vår chimära frihet. Själva måttet på vår frihet är alltid avståndet mellan där du befinner dig och falk-tämjarens arm. Begränsningen är aldrig himmelen utan blott vår herres längd på kopplet.

Vi lever alltid blott ett knyck från vår herres arm och när väl friheten strypts och vi bärs bort bundna, kopplade till armen väntar återigen buren. Livet är blott en trång dal och sval, mörk bur. Det är bara få gånger i vi kan tillåtas sväva fritt i en vidöppen sal. Vet alltid din herre, falktämjaren.

Friheten är avståndet mellan jägaren och bytet   *Ben Dai*

Par 3

Den bördsrika mannen

Jag föddes rakt ut i överklassen. Det var en ynnest och ett privilegium med hänsyn till alla kontakter som naturligt förelåg tack vare mitt släktnamn. Men, det var aldrig ett val. Var och en kan inte hjälpa vad de föds till, bara hur de lever sitt liv därefter.

Jag gick den sedvanliga vägen som alla rika barn vandrar i barn- och ungdomen. Jag hade Nanny och gick på internatskolor så att föräld-rarna slapp allt arbete och ansvar för barnet. Jag var ju en produkt av konvenans. Omsorg och kärlek ingick inte i vare sig äktenskapet eller barnavården.

Vi var överklass av börd, men ej av pengar. Vi drog oss fram dag för dag och spelade rika. Det var ju inte så att vi var fattiga. Några miljoner på banken hade vi allt kvar. För givetvis är fattigdom för fattiga ett helt annat koncept än för rika. För de rika handlar inte fattigdom om så simpla saker som svårigheter att sätta bröd på bordet eller klara hyra, amorteringar, telefon-, el-, eller uppvärmnings-kostnader. Hos rika handlar det om svårigheter att iscensätta över-flödsteatern med storvulna fester, med de senaste exklusiva modeartiklarna eller köpa och uppgradera de senaste modellerna av datorer, båtar, bilar eller mobiler for show off. Skillnaderna är således väsens-skilda. Att vara fattig som rik innebär bara att du inte alltid kan ha alla de senaste artiklarna och ingenting annat. Det är ju inte så att det svider, att vi lider. Dock finner vi det synnerligen irriterande att vi inte när helst andan faller på kan vaska champagne (hälla ut) på lyxkrogarna á 20 000 kronor flaskan eller äta en hel tallrik rysk kaviar.

När jag genomgått skolan och kommit ut med en purfärsk civil-examen så började jag på familjeföretaget. Det gick ju inte att avvika från den snitslade vägen utan att underhållet skulle uteblivit. Jag hade fått avstå såväl lyxbilen som 6-rumslägenheten i finkvarteren, jag fick i examenspresent. Det var slag som jag inte hade kunnat stå pall för och då hade säkert också mina rika kontakter, förlåt vänner, vikt från min sida. Vänskap är ju inget vi odlar inom överklassen. Det är sådant som bara finns för att vi har samma bakgrund och som består precis så länge som du följer reglerna för de snuskigt rika och inte en sekund längre.

På företaget avancerade jag enligt pappas utarbetade plan. Jag till-bringade viss tid på alla viktiga funktionstjänster för att lära mig företaget innan jag efter fem år blev vice direktör och därmed näst högst på företaget. Nu var det dags att konsolidera ställningen. Jag behövde hitta en lämplig partner att para mig med. Kärlek och utse-ende spelar ju noll roll i överklassen. Här handlar det om att gifta ihop konstellationer så att den sammantagna makten och förmögenheten ökar maximalt. Inte konstigt vi går till horor efter en tid för att kunna ha sex när och som vi vill.

Överklasskvinnor blir bara lite lagom upphetsade och öppnar inte skötet alls om det inte handlar om avelsparning. Att göra det för lust och kättja händer aldrig. Så mamma och pappa förhandlade med ett annat rikt föräldrapar, med en stor företagskoncern bakom sig, och överenskom om villkoren för fusionen av företag såväl som barn. När pengar ska gifta sig med klass och börd, står pengarna för fiolerna. Det kostar att köpa in sig i societeten.

När alla detaljerna var klara hölls en liten bröllopstillställning för 800 personer. Ett kalas som kunde fött någon mindre nation det året men vad brydde sig de två familjerna om det? Det handlade ju om teater och att visa vad man var god för ekonomiskt.

Så vi fick varandra, jag och min fru och knullade ett par gånger i månaden när ägglossningen inträffade. Vi knullade som kaniner under ett par dagar när appen larmat om att nu var äggen redo för ned-kläggning. Sen var det öken och torka några veckor, för mellan ägg-kläckningarna kunde minsann inga sexuella handlingar äga rum. Och när vi fött ut de genomsnittliga 2,3 barnen (I vårt fall 2 flickor och en pojke) slog fittan igen för alltid och mannen fick gå till horan för en kyss, som Björn Afzelius sjöng en gång. Det kunde jag ju dock aldrig mer än viska för mig själv då Afzelius liksom Olof Palme var socie-tetens huvudfiender.

En dag tröttnade jag på mitt förutbestämda liv och letade efter en utväg. Jag frågade min far om han fortfarande ansåg att hans sätt att klättra på människor för att nå toppen och bli rik var lika viktigt som när han var ung. Han svarade att han alltid trott på Mammons bibel som sade att om du sparar dina tillgångar värdebeständigt i diamanter och rubiner, i guld och silver, varar de för evigt. Men jag har dock börjat inse att jag inte kommer att kunna ta någonting med mig när jag går. Så, nej. Jag är inte lika äregirig och jag arbetar inte heller med samma kraft och iver som förr. Men visst tror jag på vår livsstil och skulle aldrig byta den mot något annat. Därför hänger jag fortfarande i mina byxhängslen och gör jobbet. Det är bara att glädjen över den hundrade miljonen är betydligt mindre än över den första trots att summan numer blir större. Förstår du vad jag menar, frågade han?

Ja, svarade jag men nu är det så att jag vill ut. Min tio år yngre lilla-syster har jobbat i företaget på alla positioner och har samma utbild-ningsbakgrund som jag. Numer finns det ju åtskilliga kvinnliga direktörer och företagsägare så du kan lika bra låta mig gå och låta henne ta över istället.

Jag tar de pengar jag själv tjänat, skiljer mig och skaffar mig en egen bostad. Efter pappas lama protester gjorde jag slag i saken. En kort tid därefter träffade jag kvinnan jag älskade och som trots stora skillnader också älskade mig.

Hon var aktivist och förändrade mitt liv. Jag gav inte avkall på min rikedom och vi bodde flott, jag körde en exklusiv bil och klädde mig dyrt. Jag fick ett arbete på hennes kontor och fick lära mig arbeta på riktigt för första gången. Inte för att jag trodde på saken, jag var moraliskt oförbätterlig, men jag hjälpte gärna till som gräsrotsaktivist med allt administrativt arbete som behövde göras.

Nu flög aldrig mer några stekta sparvar in i min mun och min far strök mig ur testamentet och sinade ut flödet av pengar till mig. Jag var inte längre välkommen i släkten och mina gamla "vänner" skydde mig som pesten och gick långa omvägar när de mötte mig. Men jag var förälskad och sammanboende med min älskade aktivist och någon enstaka gång, som i mitt fall, uppväger det alla tillgångar och flöden. Även, när man som jag är född in i gräddan.

Aktivisten

Jag föddes på den fattiga sidan av floden där bara arbetarbostäder fanns. Min far var vaktmästare och min mor var städerska. Det var hedervärda arbeten. De var en del av alla de människor som slet ont varje dag för att landet skulle gå runt och fungera. Min mor var hemmafru samt städade på deltid trapporna i huset vi bodde. 18 trappuppgångar och tre våningar högt. Tidigt fick hon värk och ryggbesvär av det hårda arbetet och förtidspensionerades vid 55, med svår värk och utslitna diskar. Pappa tog då ytterligare ett jobb vilket innebar arbete från 5 på morgonen till 9-10 på kvällen. Det var ett hårt liv men han var seg och gav sig aldrig. Han inledde dagen med att gå till fabriken och slutligen sköta fastigheten, utföra eller ordna med reparationer och lägenhetsuthyrningar samt skotta snö vintertid och kol året runt för uppvärmning av fastigheten. Han var därutöver också fackföreningsombud för Metall. De var goda människor och hyggliga föräldrar. De slet ont för att förse mig med det nödvändiga och för att få ihop ekonomin. De var arbetare. De byggde landet.

Själv fick jag med mig i bagaget hemifrån att alltid kämpa och aldrig ge upp oavsett besvär och problem i privat- eller i arbetslivet. Slogs du ner, reste du dig och jobbade än hårdare för att komma dit du ville och hade möjlighet till. Med att vara född i arbetarklassen följde ju dock många begränsningar i hur långt man kunde komma.

Eftersom jag såg hur hårt mina föräldrar slet för att få saker att ens gå runt trots hårt arbete fick jag också med mig ett aldrig sinande rättspatos. Jag visste vad som var rätt och jag visste vad som var fel och jag var kompromisslös. Jag var en läsare. Från det att jag hade knäckt läskoden i första klass började jag läsa efter eget huvud vad som intresserade mig. När jag blev äldre blev läsningen systematisk och planerad. Jag läste nu vad jag kunde ha nytta av och krama ut kunskap ur. Jag lärde mig själv. Jag blev alltmer socialt medveten. Jag kände att jag var tvungen att bygga mitt liv på att kämpa för andras rättigheter.

Parlamentarism låg inte för mig. Jag såg hur oändligt lång tid allt tog och att förbättringarna varje gång var alldeles för små. Speciellt emedan alla partier alltid schackrade med sin ideologi och ingick urvattnade kompromisser istället för att med kraft oförtröttligt driva sina egna frågor tills de fick igenom riktiga förbättringar. Steg måste tas längre och flera och vägen vandras ut mycket snabbare än vad partifolk ansåg och arbetade efter. Det behövdes andra metoder och verktyg.

Jag tänkte mig mer en organisation som behövdes men ännu inte fanns. Jag ville bygga en organisation från start och ingenting och bygga den så stark att inget kunde rasera den. Det skulle vara mitt bidrag till kampen. Mitt livsverk. Den skulle vara en röst för någon grupp som inte hade några andra företrädare. Ingen som ville bli deras röst och föra deras talan.

Att starta en människorättsorganisation inom ett område som redan existerar är fel på många sätt. Det decimerar var och en organisation då sympatierna delas och därvid också både styrkan av de många samt finansieringsmöjligheterna för båda föreningarna. Och finansieringen är väldigt viktig för att inte säga förutsättande för all ideell verksamhet.

Jag fann att de *Papperslösa & Asylsökande* saknade all hjälp utifrån. De ägde ingen röst och ingen försvarare så jag drog igång arbetet. Jag började att söka folk med olika specialiteter som på ideell väg kunde tänkas hjälpa till med olika funktioner och arbetsuppgifter för föreningen. Jag sökte styrelseledamöter för att göra föreningen till en juridisk person och därmed äga rätt att driva juridiska fall till domstol, agera mot migrationsmyndigheten och riksdagens ombudsmän m.m. Jag sökte kommunala ombud för att på lokal nivå kunna skapa kontakter, informera och sätta ut broschyrer. Jag sökte kontakter på flyktingboenden för att kunna informera redan på grundnivån om vår verksamhet. Krypterare för en app. Hemsideskapare, programmerare. Översättare som kunde bidra med att översätta hemside- och broschyrtexter till andra språk. Jag sökte flyktingar som blivit framgångsrika och kunde sponsra kampen. Jag sökte hemliga gömslen och säkra boenden. Vi sökte även verksamhetslokal, datorer och krypterade telefoner. Och allt detta var bara vad jag behövde initialt. Än mer skulle behövas i senare skeden. Jag hade funnit mitt kall, mitt liv och livsverk.

Efterhand som jag lade upp en Facebookgrupp och sökte medarbetare spreds information om rörelsen. En person skänkte anonymt 5 st krypterade telefoner. Ett datorföretag skänkte fem begagnade datorer, skrivare och externa hårddiskar samt usb minnen. En programmerare kontaktade oss och erbjöd sig att ta fram en hemsida med information, krypterad anmälningsfunktion samt därutöver en helt krypterad app med chattfunktion. Flera anmälde sig som frivilligarbetare på kontor och till kommande styrelse. Flera framgångsrika ex-flyktingar ställde upp med startkapital. Översättare anmälde sig för att översätta texter och broschyrer. Ett företag erbjöd sig att trycka upp broschyrer och annat tryckmaterial gratis. En flykting som kommit till Sverige på 60-talet testamenterade sitt 2-vånings funkishus att använda som verksamhetslokal för föreningen utan att vi hade haft någon som helst kontakt. En målarfirma med arabiska ägare erbjöd sig att måla och tapetsera fastigheten. Frivilligarbetare som ville arbeta som kommunala ombud anmälde sig efterhand. Personer som hade bostäder som ej användes anmälde att vi kunde bruka deras fastigheter som säkra boenden eller gömslen för papperslösa. En präst meddelade att församlingen ägde skog och långt in i skogens tassemarker fanns det en ansenlig grotta i ett berg som vi kunde använda som massgömsle. Grottan låg så offroad att ingen hittade dit längre. Grottan fanns inte heller utmärkt på några kartor.

Meningen var att inga statliga bidrag skulle godtas då risken finns att man hamnar i en situation där hot om indragna bidrag kan användas för att skaffa inflytande över föreningens verksamhet eller påverka beslut. Då vi däremot helt utan förvarning eller kontakt erhöll 5 miljoner kronor från Sydafrikas regering accepterade vi bidraget. Det var en utländsk stat som inte kunde påverka verksamheten i vårt land. Vi fattade samtidigt ett beslut om att bidrag från främmande länder eller institutioner skulle gå direkt in i en specifik fond för utgifter utöver budget. På så sätt var våra utgifter aldrig beroende av dessa bidrag.

Vi hade nu dragit igång verksamheten och behövde styra upp föreningen organisatoriskt. Vi höll årsmöte och valde en styrelse där jag som grundare tog plats som ordförande.

Under det första verkliga verksamhetsåret arbetade vi flitigt för att bygga organisationen större och starkare. Vårt verksamhetshus var färdigt och vi hade inrett kontoren och arbetade för fullt med våra datorer och krypterade telefoner. Vid årets slut hade vi över 200 kommunala ombud. Vi hade fått klart och översatt hemsidan samt tryckt upp informationsbroschyren på över 100 språk. Appen var krypterad och färdig. Vi hade gömt 1000-tals papperslösa runt om i landet. Vi hade fått många bidrag från före detta flyktingar samt från vanligt folk som sympatiserade med vår verksamhet. Vi hade även fått större bidrag från länder med intern flyktingproblematik samt från FN. Två kvinnliga advokater hade också anslutit sig till föreningen och arbetade med juridiska ärenden som överklagande av utvisningsbeslut, asylansökningar och liknande.

Jag var aktivist och en kvinna som var stolt och lycklig över den verksamhet jag dragit igång. Jag jobbade hårt för alla flyktingar och papperslösa, för att ge dem säkra boenden samt för att trygga deras fri- och rättigheter i landet.

Att arbeta för att förbättra andra människors livsvillkor ger i sig en väldigt stor tillfredsställelse och arbetslust. Det gör varmt att känna att man har en uppgift och ett viktigt arbete att göra. Även om resultat inte alltid uppnås har man arbetat för och berett vägen för än fler fram-steg. I allt arbete för mänskliga rättigheter måste man arbeta i nutid men samtidigt förbereda och planera för framtiden. Man måste ha såväl kortsiktiga såväl som långsiktiga mål och planer att arbeta parallellt med.

Föreningens ekonomi var säkrad för tid framåt och vi hade allt på plats efter mindre än två års arbete. Vi hade nu lagt grunden för verksamheten. Framöver skulle vi bygga ut verksamheten så att vi kunde hjälpa ännu flera.

På nästa årsmöte föll huset samman och bara jag och min rika man tog oss levande ut från rasmassorna och började vår långa vandring för att genomsöka vårt nya olivsland.

Par 4

Doktorn

Redan som barn visste jag att jag ville bli doktor. Jag hade aldrig några tankar eller drömmar om att bli någonting annat. Jag önskade mig ett doktors kit och gick runt med mitt stetoskop och lyssnade på allas hjärtslag, vilket stort charmade alla vuxna medan jag var liten.

Jag visste jag behövde toppbetyg för att komma in på Universitetet och förstod också att jag behövde plugga in grundkunskap i alla former av ämnen för att få ihop ett högt snittbetyg till utbildningen. Så redan från första klass hängde jag över skolböcker, gjorde hemläxor och arbetade framåt i böckerna och hade egentligen inget som helst barn- eller ungdomsliv. När jag väl kom in på läkarlinjen kunde jag för första gången slappna av. Jag var hemma. Jag var där. Jag hade gjort det. Jag hade nått mitt första och kanske viktigaste mål. Jag hade antagits till utbildningen.

Själva läkarutbildningen skulle bli enklare då jag jämte läxor även läst in så mycket som möjligt av de böcker som vi enligt offentliga studieplaner skulle arbeta med under mina studieår.

Jag träffade också en kvinnlig student som tog min oskuld och gav mig ovärderliga anatomilektioner genom sin ohöljda kropp. Lektioner jag oroat mig för tidigare då jag aldrig ens sett en naken kvinna. Praktisk lärdom överträffar ibland läroböckernas och detta var ett sådant fall. Vi pluggade och knullade oss igenom läkarlinjen och tog examen på minimitiden. Vi skildes åt efter studentutg¨ången för att fira med våra respektive föräldrar på kvällen och börja leta hus dagen efter. På hemväg rasade en hel byggnad över mig och jag vaknade död. När jag tagit mig igenom allt bråte ovan och ikring mig stod jag framför en kvinna lika nedsmutsad som jag själv efter att på sitt håll grävt fram sig själv på identiskt vis. Vi gjorde sällskap ut ur stan och vi blev ett par på den vandring för utforskning av vår nya värld som vi gjorde tillsammans med en grupp människor, som också existerade trots att de var döda. Kvinnan var polis och om sitt liv får hon själv berätta.

Jag anfäktades tidigt i döden av tvivel och funderingar av både etisk och medicinsk natur. Att jag överhuvudtaget existerade och kunde gå stred mot allt jag lärt mig samt all form av vetenskap och forskning. Ingen människa kan existera utan puls och hjärta. Ingen kropp kan fungera utan blodomlopp. Kroppen lägger helt enkelt ner och rör sig inte mer. Vi döda levande var alla en fysikalisk omöjlighet. Likväl existerade vi och fungerade som människor. Min kropp gick, den sprang, den rusade. Till och med mitt kön blodfylldes vid åsynen av min kvinna och kunde genomföra samlag. Hur då utan blodomlopp? Det enkla svaret är att det kan den inte. Liksom mitt hjärta inte heller kan vare sig slå eller pumpa runt blodet och hålla liv i oss.

Jag var en levande förbrytelse mot alla etiska riktlinjer. Mot min läkared och allt vad jag står för. Jag var ett vandrande gravfridsbrott då jag inte vistades i min ogrävda grav där jag borde ligga still utan att springa runt i världen.

Nästa problem var av rent praktisk natur. Vad i helvete hade jag nu för nytta av min läkarvetenskapliga utbildning som jag offrat hela min barn- och ungdom för? Absolut ingen. Jag såg tillbaka på ett helt bortkastat liv. Skulle jag nu kasta bort även min död? Döden var den första som fått mig att stanna upp och betänka min fortsatta väg. Vad skulle jag ersätta medicinen med i resten av min död?

Strax kom jag på det. Jag kunde inte utöva praktisk medcin men inget stoppade mig från att gå på djupet av medicinen. Att inleda den första forskningsstudien av den döda kroppens fysiologi och prestanda-möjligheter. Min och endast min var nu möjligheten att bli pionjär och som första människofödd tränga bortom döden och studera dödens verkningar på den odöda människokroppen. Jag fylldes av iver och sprudlande glädje över att vara den första människan inom ett helt nytt forskningsfält. Endast döden hade gett mig denna möjlighet.

Polisen

Jag växte upp i ett hem där både mamma och pappa allt som oftast glorifierade och hyllade polisen. Detta präglade mina drömmar och jag växte upp med målsättningen att bli en rättvisans riddare, en polis. Aldrig hade jag varit så lycklig som den dagen jag utexaminerades som polis. Jag hade redan som 23-åring nått mina drömmars mål.

Första dagen på jobbet som patrullerande polis i bil fick jag en chock när rotelns chef instruerade nyutexaminerade om hur vi skulle jobba. Han beordrade oss att att stoppa och begära id samt kroppsvisitera alla utlandsfödda, romer samt de som polisen definierar som kriminella. Vi skulle i tid och otid, punktmarkera och störa dessa individer. Flera gånger om dagen gick alldeles utmärkt att stanna och kontrollera dom. Vi fick också order att om vi fann det minsta olaga substans eller vapen, direkt genomföra husrannsakan i såväl fordon som bostad.

Är det ens lagligt, frågade lilla naiva jag? Behöver man inte konkreta misstankar för att stoppa och kontrollera individer? Lagligt? svarade chefen hånfullt. Vi är Polisen och vi gör vad vi vill! Passar det dig inte så kan du sluta. Ja, men sa en annan, eget bruk av narkotika är ett annat brott än innehav och kan därför aldrig ligga till grund för en husrannsakan i en bostad eller i ett fordon. Det skiter vi i. Det är så vi jobbar och passar det som sagt inte så… Chefen avslutade aldrig meningen men vi förstod alla att vägrade vi så fick vi sparken.

Redan första dagen på jobbet förlorade jag alla mina illusioner om polisen som en barriär mellan den vanliga medborgarna och de kriminella. Det var polisen som var de kriminella. En poliskår som vid varje iscensatt och arrangerat ingripande också bröt mot lagen i flera avseenden. Polisarbetet handlade inte om att lösa brott så mycket som att trakassera olika former av misshagliga grupper med otaliga visiteringar och ständiga husrannsakningar vilket inte var anledningen till att jag blivit polis för.

Jag förstod att bilden av polisen hos allmänheten låg avgrunder ifrån verkligheten. Jag förstod också varför polisen inte löste särskilt många brott då de istället för att arbeta proaktivt ägnade tiden åt att förfölja olika personer. Inte på grund av misstankar om brottslighet utan på grundval av tillhörighet till olika etniska grupper samt andra grupperingar som Polisen ville sätta dit. Jag förstod också snacket som spreds i media där polisen klagade på att de kriminella eller folk som kunde ha bevittnat ett brott vägrade prata med polisen. Vi hade ju själva skapat denna tystnadskultur genom att inte följa lagen utan istället trakassera medborgarna. En polis som inte följer lagen kan självklart inte skapa respekt för sin yrkeskår och än mindre för att andra ska följa lagen. Man måste göra rent framför sin egen dörr innan man kräver att andra ska följa lagen och respektera och samtala med polisen.

Jag beslöt att fråga ut de vi stannade och kontrollerade första dagen om fordonsstopp och visiteringar m.m. Vi bemöttes illa och oförskämt av alla vi stannade. Jag framhärdade dock och ställde frågor till dem om hur ofta de brukade stoppas och visiteras. Efter ett tag förstod de att jag inte djävlades med dem utan faktiskt ville veta sanningen. Då berättade de alla samma historia att de mellan 5 och 15 gånger per vecka blev stannade och flera av dem uppgav att de aldrig gjort sig skyldiga till någonting. Men de var utlandsfödda eller med i någon sammanslutning som polisen utan fakta- eller lagstöd bestämt sig för att förfölja.

Efter jobbet körde jag hem till mamma och pappa och berättade vad Rotelchefen sagt på morgonen samt vad de vi stoppat berättat för mig. De vägrade tro mig och kallade mig lögnare. De sa, att hade det varit sant så hade det självklart rapporterats om i alla tidningar och skildrats i TV. Så de ville inte höra mig ljuga mer och skulle det vara så här kunde jag lika bra låta bli att besöka dem.

Jag åkte hem till mig själv och satte mig framför datorn. Jag kryssade i polismyndigheten på Justitieombudsmannens hemsida och slog på kroppsvisiteringar och husrannsakningar. Det rullade upp en hel rad ärenden där polisen gravt kritiserats för olaga kroppsvisiteringar, olaga fordonsgenomsökning samt olaga husrannsakan i fordon eller bostad. Jag skiftade till Justitiekanslern där det fanns ett mindre antal fall men fränare kritik. I en rad olika ärenden hade även JK fastslagit att polisen brutit mot lagen vid olaga husrannsakningar i bostad eller fordon samt kroppsvisiteringar. Vad som gjorde fallen betydligt allvarligare var att JK även fastslagit att Polisens insatser stått i strid med Europakonventionens artikel 8 om rätten till privatliv samt i ett flertal andra fall hade insatserna också skett i strid med Europadomstolsbeslut. Detta var fakta vi vare sig läst eller hört om i media och än mindre informerats om på Polishögskolan. Vi hade däremot lärt oss att landet hade en absolut skyldighet att via lagstiftning eller andra åtgärder skydda medborgarna från övergrepp från myndigheter samt att som medlemsstat i EU följa Europadomstolens beslut.

Jag gjorde likt varje person med rättskänsla, som ägde kunskap om JK:s och JO:s beslut, för längesedan borde ha gjort. Jag skrev ett brev till FN:s högkommissarie för mänskliga rättigheter och bad dem granska Sveriges kontroller, kroppsvisiteringar samt husrannsakningar i fordon och bostad samt bifogade alla ärenden jag hittade, vilka var åtskilliga.

Någon månad senare kom FN hit och begärde få prata med JO, JK och polisen samt genomgå rättsdatabaser samt samtala med utsatta människor. Domen blev hård. De slog fast att landet utsatte flera grupper för systematisk och strukturell diskriminering som stred mot FN:s

50

mänskliga rättigheter. Tidningarna skrev kort om FN utslaget men följde inte upp när hela rapporten kom någon månad senare. Tog då regering, riksdag eller Polisen någon lärdom av detta? Nej, inte överhuvudtaget. Istället gav Regeringen via riksdagsbeslut polisen tillgång till än mer repressiv lagstiftning som öppnade för än mer olaga integritetskränkande förföljelser via dataavläsning, telefonavlyssning, buggning och hemlig rumsövervakning m.m. Samtidigt togs kraven på konkreta brottsmisstankar bort för att verkställa tvångs-åtgärder.

Nåväl, en månad senare kallades jag in till högsta chefen och fick sparken med omedelbar verkan då han fått reda på att jag låg bakom FN:s kontroll. Med hjälp av facket fick jag ut ett rejält skadestånd då avskedet inte grundats på sakliga skäl men jag hade kastat bort mycket tid, möda och kraft på en utbildning jag nu inte hade någon nytta av. Visselblåsare har alltid omhuldats av media såväl som stat i ord men när det blir skarpt läge så finns de inte längre där och står upp för rättfärdigheten.

Inte ett ord skrevs om arbetsdomstolens domslut som gav mig rätt i sak samt skadestånd. Vad göra nu? Jag hade ingen som helst lust att utbilda mig till något annat så jag sökte helt enkelt jobb som kassörska i ett varuhus där jag kunde göra mitt pass och sedan gå hem för att fundera vad jag skulle ta mig till med resten av livet. Strax efter dog jag och det löste mina yrkesproblem om än ingenting annat.

Par 5

Konstnären

Mitt liv var en enahanda transportsträcka fram tills jag fyllde 5 år. Men på femårsdagen förändrades allt och jag fick mitt livs första omskapande uppenbarelse. Jag fick vattenfärger med penslar av farmor och farfar samt ritblock, kritor och tuschpennor av mormor och morfar i födelsedagspresent. Redan dagen efter var jag förtrollad och fast och insåg att detta skulle bli mitt liv. Jag målade från det jag steg upp till jag tvingades i säng och då gick jag till sängs med både kritor, block och tuschpennor. Endast vattenfärgerna fick sova på nätterna då det helt enkelt var för kladdigt att arbeta med vatten och färg i sängen.

Jag började skolan och älskade självklart bildlektionerna redan från början. Mina bildlärare tog hand om mig och diskuterade ingående målningarna med mig. De gav mig tid och visade mig olika former av tekniker för att teckna och måla. Jag utvecklades snabbt och tillägnade mig ny kunskap väldigt fort då all min fritid gick åt till att öva och måla. Inga andra fritidsintressen ägnade jag någonsin tid åt. Mitt mål var klart och jag såg den enda vägen framför mig. Jag till och med målade min väg genom livet på en jättemålning i olja, strax efter jag fyllt 15 år. Det var då jag för första gången upptäckte den mörka silhuetten långt bort i fjärran. Jag kunde inte minnas att jag hade målat den och visste inte heller varför då silhuetten inte fyllde någon funktion i motivet. Av ren instinkt lät jag bli att måla över silhuetten. Jag visste den hade en viktig funktion framöver.

Jag kom in på en konsthögskola och tog examen som kursetta. I samband med examen fick vi välja ut fem målningar var och hänga upp i en hangar där en galleriföreståndare iordningställde avgångs-klassens utställning för speciellt inbjudna konstköpare och konst-kritiker. Mina fem målningar innehöll alla en silhuett som på varje ny målning tycktes komma en knapp bit närmare.

Alla mina målningar såldes trots att priset för verken var högre satta än för någon annan tidigare student. Kritikerna pratade om ett under-barn och jag erhöll arbetsstipendium gällande 2 år. För pengarna skaffade jag målarmaterial samt hyrde en lokal där jag flyttade in en säng och kopplade in spis och kylskåp. Resterande yta utgjorde ateljé.

Galleriföreståndaren ville ordna en professionell utställning med mitt material två år senare och ville ha minst 20 målningar i normalstorlek. Det första året målade jag 13 men det andra året bara 7 och trenden att produktionen blev allt mindre skulle följa mig över åren framöver. Jag älskade att måla men motiven tog längre och längre tid att färdigställa. Jag hade alltid en underlig känsla för när ett verk var klart. De två sis-ta veckorna innan färdigställandet kände jag penseldrag för pensel-drag hur jag närmade mig crescendot, då inte längre ett enda streck eller penseldrag skulle tillföras. När ett verk var klart, var det klart och jag lade direkt undan verket och arbetade aldrig mer med målningen. Det var en absolut regel.

De sista målningarna innebar en förändring. Ty fast jag ansåg verken färdiga kände jag likväl att någonting fattades i bilden. Jag var inte klar. Jag funderade länge tills jag prövade att måla dit en silhuett i bakgrunden. Det var tydligen vad verken väntade på. För direkt kände jag att tavlan var fulländad och färdig. *Jag fick så en silhuett, en skugga att äga. Det var någon annans skugga. Det var inte min skugga den visade. Dock kommer den att följa mig genom hela livet. För det går inte att fly från sin skugga oavsett om den är min att äga eller någon annans. Den bor hos mig nu.* Även en som lever i skuggan av eller rentutav utanför samhället, som en konstnär på sitt sätt gör, kan äga en skugga…

Vad målade jag då? Jag målade det ofullbordade och oförklarliga. Jag målade konturlösa former, kanske var det mörka, svävande figurer. Det var något vackert över formerna men det hade ännu inte tagit korrekt form. Silhuetterna i bakgrunden kom för varje målning något närmre och fann alltmer sin form. Jag kände in vilka färger jag skulle använda. Jag lade penseln mot tavlan och började dra upp motivet. Var det jag som målade och använde penseln som mitt verktyg eller var jag verktyget som någon annan styrde? Än idag vet jag faktiskt inte. Processen var för mig ett mysterium, för när jag fattade penseln stängdes världen ute och jag trädde in i en annan värld där målandet var allt som existerade.

Jag målade oroande, vackra bilder fast man inte riktigt kunde förnimma vad de föreställde. Personer som var stadda vid god kassa var beredda att betala vad som helst för målningarna så snart jag gjorde dem tillgängliga på min hemsida. Motiven blev med tiden allt dunklare och mörkare i tonen och speglade med all säkerhet min inre personliga utveckling. För varje bild jag målade fortsatte jag att tillfoga en allt mer närmande skugga.

Tiden för att värka fram bilderna blev allt längre och för varje målning var motiven allt mer upplösta i kanterna. Tydligt såg jag Monets bromålningar framför mig som efterhand som hans synproblem förvärrades också blev allt mer suddiga och drömlika i utförandet. På samma sätt fördunklades även mina målningar. Jag förnam dock att jag fortsatte måla det ogripbara outsägliga. Jag tyckte de figurativa formerna alltmer upplöstes än blev mer fasta. Jag började skönja att det kanske var människor som började upplösas och övergå till skuggor.

Det finns ingen och inget så ensamt som en konstnär mitt i sitt skapande. När han skriver musik, målar en tavla, skriver en bok eller gör det som gör honom till konstnär. Han tar själv fram sin idé om det nya arbetet och utarbetar en grov skiss över motivet. Ibland som en skiss men ibland bara som en bild i huvudet. I arbetets planering och själva utförande är han dock alltid helt ensam. En musa kan bidra med idéer, visioner, lösa upp problematiska knutar i arbetet samt framförallt inspirera till arbetets utförande men deltar aldrig i själva arbetsprocessen. Då utförandet ska ske är konstnären alltid helt ensam.

För det är under arbetets utförande konstnären vänder ut och in på sin själ. Under processen lämnar han sig själv och denna värld för att träda ini något annat, okänt. Han öppnar, tar ut sin själ och lägger den naken framför sig för att skriva med dess ord, måla med dess färger och för att skapa nya bilder. Bilder som icke hör världen till.

Efter två år lämnade jag över mina verk till galleriägaren som blev stormförtjust. En månad senare hade hon hängt färdigt tavlorna, annonserat i pressen för allmänheten samt återigen bjudit in konstkritiker och konstköpare till vernissage dagen före själva utställningen öppnade. Hon hade satt rena fantasipriser på målningarna. Samtliga hade sexsiffriga köpesummor varför jag inte räknade med att sälja någonting.

Fel, hade jag. Redan under vernissagen såldes 17 tavlor och bara tre återstod till själva utställningen. Alla sålda tavlor betalades men kunde inte hämtas förrän utställningen var över en månad senare, då de först skulle förevisas för allmänheten.

Efter provisionen till galleristen var jag i mina ögon förmögen. I den krassa verkligheten var jag miljonär och behövde inte tänka på försörj-

ningen längre i motsats till de flesta av mina betydligt mindre bemed-
lade yrkesbrödrar och -systrar. Vad gjorde jag då när min framtid som
konstnär var tryggad och jag kunde unna mig närmast vad som helst i
världen? Jag köpte en bekväm dubbelsäng och en skön soffa på
second hand. Jag gick ut och drack mig full på öl och vin och förlo-
rade min oskuld till en vandringsmadrass. Jag var nöjd och klar med
mitt firande som inte kostat mig många slantar. Nu återstod resten av
mitt livs arbete.

Galleristen hade satt upp en lista där folk fick teckna sig att köpa näst-
kommande verk till vissa summor. Det fanns många fler köpare än
tavlor på utställningen och personerna som tecknade sig för målningar
blev än fler när kritikerna började hylla mina tavlor och bilderna
spreds i media. Jag förbehöll mig rätten att för varje beställd tavla
publicera målningen på min hemsida innan den försvann bort och
hängdes hos någon privat samlare.

Över tid fick jag allt svårare att få färdigt mina målningar. Från start
till idé fram till att målningen var färdig började det ta 3-4 månader.
Idéerna kom nästan i samma takt som tidigare men själva färdig-
ställandet av målningen tog betydligt längre tid. Det tog längre tid för
mig att känna mig nöjd och färdig, för varje målning jag utförde.

På en avlägsen plats gjorde en psykologipraktikant en viktig upptäckt.
Efter att ha överraskat en mentalsjuk patient som såg ut att helt gå upp
och in i en målning, och samtidigt ut ur sin sjukdom, av konstnären
tog hon tidningen med bilden och placerade framför den ena efter den
andra av patienterna. Hon upptäckte att samtliga patienter uppvisade
samma beteende och först försvann långt bort och därefter återkom
från resan betydligt mer närvarande och fundersamma. Hon googlade
konstnären och fick fram en hemsida där alla hans målningar fanns
upplagda. Då praktikanten avsåg att studera vidare och inte bara ta
examen utan även en kandidat-, en masterexamen och därefter dok-
torera så blev hon eld och lågor över upptäckten då hon insåg att hon
funnit det ämne hon skulle utforska i sin avhandling: Konstnärens
målningars inverkan på psykiskt sjuka.

Sagt och gjort. Hon ansökte om 5 000 kronor att inköpa en posterskrivare samt ytterligare 5 000 till inköp av posterpapper till bild-utskrift. När hon fått igenom bidragsäskandet så gick hon raskt till verket och körde ut posters på 60 x 40 cm och satte upp de 20 bilderna överallt i verksamhetslokalerna. Effekten lät inte vänta på sig. Reaktionen blev att patienterna gick från tavla till tavla under en längre tid och noga granskade och tog in varje motiv. Efter ett tag märkte även doktorerna att patienterna blivit remarkabelt aktivare och medvetnare om än i olika mått.

De sjuka verkade avkoda bilderna på ett sätt som inte mera friska personer lyckades med. De ansåg bilderna spegla överjordiskt sköna varelser. I motsats till de så kallade vanliga människorna såg de psykiskt sjuka bilderna förutsättningslöst och helt utan filter. De såg vad bilderna verkligen föreställde. De hade ett öppnare sinne som de friskare människorna helt verkade sakna vilket onekligen får en att ställa frågan om vem som egentligen är sjuk och vem som är frisk.

Jag själv vägrade som alltid att diskutera mina verk. Var och en fick tolka efter behag. Men även jag visste att det fanns något okänt ini tavlorna som jag undermedvetet måste ha tillfört. Någon eller något talade till mig inifrån tavlorna men inte heller jag kunde avtolka dem och helt ut förstå de färdiga verken. Penseldragen bara kom till mig och till slut var tavlorna klara. Automatskrift existerar ju. Kanske finns det också automatmålning? Men vem ger en i så fall bilderna och vem styr handen?

Bilderna tycktes komma ifrån allt otillgängligare och djupare schakt i själen. De var visst undersköna men i samma mån även drömska och hotfulla med något ont underliggande. Oavsett fyllde arbetet mig med stor tillfredsställelse och så länge det så gör målar jag gärna för i första hand de mentalt sjuka om det hjälper dem. Och skulle de en dag inte hjälpa dem längre så kommer jag att fortsätta måla för egen skull. För någonstans vill även jag lära mig att avkoda dem och det enda sättet att vinna kunskap om de gömda, bortflyende bilderna är att fortsätta måla tills man kommit ner till de nedersta djupen av ens egen själ. Jag är inte där än.

Den näst sista bilden jag målade medan jag levde var kanske den allra

56

svåraste att avtolka. Det var en mörk silhuett, en skugga som äntligen kommit till framkanten av tavlan efter att ha varit på väg under hela mitt konstnärsliv. I ett skymningsland höll den mörka skuggan på att gå in i en helt vit figur och ta över den. Allt enligt min tolkning.

Den allra sista målningen föreställde 26 svarta skuggor i ett skymningsland.

Efter döden förstod jag att skuggan under hela mitt liv varnat mig för att jag en dag skulle dö och som en skugga, ett mörker, gå in i eannan form av existens. Den allra sista målningen föreställde när övergången skett och allas vår skuggexistens tagit form. Jag var en av figurerna och jag ägde nu min egen skugga. Min vandring var över.

Vandringsmadrassen

Jag var av fattiga född och ibland fattiga levde jag. Redan som ung började jag vandra gatorna. Jag bar en madrass med mig så jag och mina kunder kunde smyga oss undan och få en någorlunda bekväm stund. Jag hade inte råd att betala rum på ett hotell då jag inte ens hade pengar till ett rum att bo i.

Jag började min verksamhet för att få in pengar när både mamma och pappa hade dött och ingen släkting eller annan ville sörja för mat och boende till mig. För mina sista pengar köpte jag då en madrass vilket snabbt gav mig öknamnet Vandringsmadrassen.

Jag var ung och kåt när jag började mitt värv. Hormonerna svallar och lever runt även i en fattig flickas kropp och jag fann nöje och njutning i sex under den första tiden, även om det var för brödet jag arbetade. Att jag med väldigt enkla medel fick orgasm hjälpte mig så klart att stå ut och finna njutning i arbetet. Ja, jag har alltid sett det som ett arbete. Med förmåner som mat och njutning. Mitt jobb är hårdare än för kvinnor som jobbar inom industrin. Jag jobbar fler timmar och slits ut fortare så varför skulle inte jag få kalla mig arbetare? Jodå, jag är högst medveten om att vare sig mina kunder eller andra kvinnor någonsin skulle kalla mig arbetare, men åt helvete med dem. Jag är arbetare! De som står längst ner på botten av samhället är alltid arbetare och det finns ingen som står så lågt som en Vandringsmadrass. Jag har förtjänat att få kalla mig arbetare.

Med åren försvann njutningen lite i taget längs vägen tills jag enbart såg arbetet som en födkrok. Jag hade ju inga alternativ så jag fortsatte vidare tills jag inte längre fann någon som helst lust eller tillfredsställelse i arbetets utförande. Jag blev inte längre kåt och jag fick heller inte orgasm vilket gjorde att arbetet övergick till att vara en direkt plåga. Det dräglande begäret hos köparen samt det förödmjukande sätt mina kunder behandlade mig på tärde mig och gav mig allt starkare äckelkänslor. Arbetet inbringade heller aldrig nog för att kunna skaffa mig en bostad. Så jag bodde under en bro med många andra hemlösa. Jag hade min trådslitna filt och min kartong att skyla mig med. Det var allt jag ägde. Ett hem utan uppvärmning och utan tak, kök och badrum. Det gick, men det vore så långt ifrån verkligheten man kan komma att kalla det ett hyggligt liv. Eller ens ett liv.

Så en dag träffade jag en ung försynt man. Jag såg honom gå runt i kvarteret en timma innan han styrde stegen fram till mig. Han stack till mig en sedel som motsvarade vad jag brukade få in under en vecka och frågade mig blygt, utan att våga se mig i ögonen, om det räckte för att jag skulle vilja ge honom kärlek och ta hans oskuld. Det är för mycket, svarade jag ärligt då jag var ovan vid såna summor. Jag skulle vara villig att betala mycket mer för tjänsterna så det är det minsta jag tänker betala, svarade han.

Jag bad honom följa efter mig igenom ett trästaket till en villa med stor trädgård där ingen kunde se oss. Jag klädde av mig helt naken innan jag lade mig ner. Har man betalat en sådan summa och dessutom var oskuld förtjänade han också att få se hur en helnaken kvinna såg ut. Med ryggen emot mig klädde också han av sig naken och när han sedan kom fram till madrassen gav jag honom muntligen hans första orgasm från en kvinna och sedan fick han efter mina anvisningar stiga på och komma i mig. Han tackade med en bugning och frågade vad jag hette och bodde så han kunde hitta mig nästa gång han ville träffa mig. Jag berättade vad jag hette och därefter berättade jag att jag bodde under en bro med en kartong och en utsliten filt som boplats. Förfärad erbjöd han mig på studs att följa honom hem och sova i hans säng.

Så flyttade jag in i hans bostad utan medföljande bagage och dagen därpå tvingade han mig att följa med och köpa en uppsättning kläder till mig. Han sa vidare att jag sörjer för dig med mat och logi så du slipper gå på gatan mer och och jag ska älska dig så mycket som nu en konstnär förmår, då du är en mycket vacker och älskvärd kvinna. Här slutade min vandring och mitt öknamn föll bort. Ingen har någonsin kallat mig Vandringsmadrassen därefter och jag fick mitt första permanenta boende. Ett boende som också var ett hem då mitt hjärta bodde där.

En dag när jag blivit hemmastadd frågade jag honom om han inte upplevt det fula i en smutsig madrass och en kvinna som hade svårt att hålla sig ren och snyggt klädd, då hon levde under de fattigaste förhållanden? Han svarade mig att han aldrig tänkt så: För en konstnär är det fula och det sköna samma sak. Både det fula och det sköna ger en sann och äkta bild och är bara två sidor på samma mynt. Att älska med en naken kvinna för första gången var kanske det vackraste jag upplevt och du var aldrig så skön som den första gången.

Så levde vi ihop ett halvår men allt eftersom han fick allt svårare att måla såg han till och betalade för mig att bo i en egen lägenhet bredvid hans och komma in och äta och sova med honom efter han avslutat dagens arbete. På så sätt fick han arbetsro under dagarna för sitt målande och vi fick tid för kärlek och umgänge på kvällarna. Det var ett arrangemang som passade oss båda perfekt och vi var lyckliga ändå till huset rasade ihop och vi vaknade döda.

Idag bor jag i en egen stuga 100 meter från min konstnär. Vi tillbringar fortfarande arbetspassen isär men äter, umgås, pratar, älskar och sover ihop. Det är en bra död. Ett gott oliv.

Par 6

OBS! All text nedan ur stycket "Bikern" är skriven av en annan person och publiceras i boken 26Riket efter benäget tillstånd och överenskommelse med författaren ifråga.

Bikern

De första 16 åren av mitt liv var betydelselösa. Ingenting av större värde inträffade. Det var ett vanligt liv, för en vanlig arbetargrabb med bra föräldrar och problem i skolan. Problemet med skolan handlade i mitt fall om ofokusering och stark leda. Skolan var inget för mig. Det enda av värde jag lärde mig under dessa mognadsår var att skriva och läsa och jag läste mycket och många böcker.

En biker kör tills han dör

När jag fyllde 16 år inledde jag mitt hojliv. Jag tog körkort. Jag köpte en hoj och mitt liv kunde börja. Att köra hoj är den ultimata friheten. Du startar hojen, lägger i växeln, gasar och börjar rulla. Du glömmer. Du tömmer. Du renar sinnet. Medvetandet skärps. En naturlig sållning sker. För att köra hoj innebär att allt utanför upphör att finnas till. Det är du. Det är vägen. Det är maskinen och det är allt som finns och pågår. Allt annat är oviktigt där och då. Problem stöts bort och vilar annorstädes medan hojen brummar och ryter fram.

Det är känslan av liv. Av att vara levande. Av att leva så fullt det någonsin går. Det är life on the edge. Det är att köra hoj!!

Jag är biker. Det är ett liv!

Jag var medlem i en mc-klubb som bar ryggmärke under många år. Det som skiljde oss från vanliga motorcyklister var att vi levde efter en moralkodex med skrivna såväl som oskrivna regler. Vi var bikers. Den andra skillnaden mellan grupperna är att bikers sätter motorcykeln i centrum av sitt liv. Deras liv kretsar kring motorcykeln. Hojen och livet ikring hojen såsom körningar, mekande, mc-fester, run och event är alltid det primära för en biker. Det är ett liv!

Förhållanden, barn, arbete m.m. är sekundärt. Allt sekundärt kan plötsligt upphöra medan bikerlivet är för alltid. Det finns alltid där. Oföränderligt. För den vanliga motorcyklisten utgör motorcykeln ett fritidsnöje, en hobby. För en biker är det ett liv. Det är en väsensskild verklighet.

Många bikers, men inte alla, är medlemmar i en ryggmärkesklubb. I ett kriminellt mc-gäng, påstår polisen. Men för detta saknar Polisen helt belägg. Samlad fakta och forskning kring bikerklubbarna över världen fastslår entydigt att klubbarna inte är några kriminella organisationer. De brott som begås inom bikerkulturen begås av enskilda medlemmar tillsammans med utomstående personer. Brottsligheten har då inte beslutats, planerats eller verkställts av aktuell klubb och ingen del av brottsutbytet tillfaller heller klubben. De enda rapporter som påstår något annat är framtagna av polisen själva i syfte att erhålla förstärkta resurser i form av pengar samt fler anställda poliser.

Ett löfte är heligt för en biker!

En biker har sitt ord, sin heder och sin moral. En riktig biker lever efter en moralkodex som består av både skrivna och oskrivna regler.

Håller en biker inte sitt ord tappar han enormt i aktning. För ett avtal är heligt och omfattar en bikers ära och heder. Man blåser aldrig en broder och man håller vad man lovat! Det handlar om att till varje pris fixa vad man åtagit sig oavsett omständigheter. I bikerkulturen definieras begreppet bäst i meningen: *Whatever it takes!*

Det är inte svårare än så! Bikerkulturen är en hederskultur och bikerkulturen är inte för alla. Har du ej de rätta värderingarna och ej är beredd till att stå vid ditt ord och göra nödvändiga uppoffringar, så är du inte en biker och hör helt enkelt inte hemma i bikerkulturen.

För bikerregler, oskrivna som skrivna, är där för att följas! Live by it! Ingen har sagt att det ska vara enkelt! Att vara och förbli en biker är något du måste kämpa för och arbetet är aldrig över. *Live by the code in a Life by the code!*

Pacta Sunt Servanda – Avtal ska hållas!

Respekt och ryggmärken måste förtjänas!

Nästan alla bikers har någon gång gått igenom hela prövningsproceduren med att först hänga med en klubb, därefter bli hangaround, vidare över prospect till fullvärdig medlem. Tillsammans med brödraskapet är det sådant som skapar det kitt som håller ihop hela bikerkulturen!

Att gå som hangaround eller prospect, antingen det gäller en enskild person eller en blivande klubbavdelning, är inget förnedrande! Tvärtom är det en heder, en ära! En chans att visa vad man går för och att man är mogen det mål och den uppgift man åtagit sig! Att ditt ord går att lita på, att du är av rätt virke samt pallar pressen och trycket. Det är aldrig fråga om något skitgöra eller någon drängtjänst! Man gör vad man ska och lovat och man gör det inom den tid man lovat! Och, man gör det med glädje för att bli del av någonting större än en själv!

Bikers delar erfarenheten av prövotid och alla vet att märken inte kommer gratis! De måste förtjänas! Ser du prövotiden som skitgöra och slavarbete, som journalister och poliser gör – Då hör du helt enkelt inte hemma i bikerkulturen utan bör lämna och gå någon annanstans! För då har du inte ens förstått det mest elementära inom bikerkulturen. Nämligen att tillit såväl som respekt måste förtjänas! Först då har du erövrat rätten att bära klubbens märke.

Bestraffningar

Det finns för en biker en självklar acceptans för att följa bikerreglerna. Det är regler som är lika självklara att följa som att andas eller att äta. En biker bär reglerna med sig och följer dem utan att blinka, och framför allt utan att tänka, då reglerna är vad du är och vem du är.

Bikerkulturen är en frihetsrörelse där allt inom regelverket är ok. Det innebär att så länge en biker förhåller sig inom klubbens och bikerkulturens regler så har han en vidsträckt frihet att göra vad han vill. Begår han brott, som inte strider mot bikerregler, så är det därför upp till honom och hans medlemskap i klubben berörs ej. Klubben kommer att ställa upp för honom och förse honom med fickpengar, familjen på utsidan kommer att tas om hand och när han muckar har han sonat sitt brott och återtar sin plats i klubben.

Media och polis påstår ofta att medlemmar aldrig bestraffas eller slängs ut ur klubbar. Det är inte sant! Bryter en biker mot klubbens eller kulturens skrivna eller oskrivna regler ställs han till svars för sina handlingar internt, utanför andras insyn. Straffet kan då bli allt från uteslutning till böter beroende på överträdelsens art. Kastas han ut får han betala överenskommen medlemsavgift i ett förutbestämt antal månader efteråt samt lösa andra faktiska skulder. Väst samt kläder med klubbnamn och märke ska återlämnas och klubbtatueringar tatueras över. Äger klubben hans hoj ska självklart även hojen lämnas tillbaka.

Det inre brödraskapet, brödraskapet inom en klubb!

Bikerkulturen är dess brödraskap och brödraskapet som bäst är oerhört mäktigt och stort. Större än själva livet och döden. Regler, heder och moral i all ära, men det är brödraskapet som är det starkast samman-bindande kittet som får vuxna män och kvinnor att offra allt och villigt gå i döden för varandra.

Hemligheten och essensen bakom brödraskapet är allt man upplever ihop! Man reser genom livet tillsammans. En lång färd genom skif-tande tider och landskap. Man stannar, gör strandhugg vid olika stationer. Ibland reparerar man eller bygger hoj tillsammans. Ibland renoverar man klubbkåken. Man går på olika mc-evenemang och fester ihop. Kör hejdlöst mycket hoj tillsammans, med allt vad därpå följer med mekaniska problem, väderdjävulskap, olyckor m.m. Upp-lever razzior, kontroller och rena trakasserier från polismakten. Blir allmänt och specifikt påhoppad och utpekad i media. Super ihop. Stundom måttligt och gemytligt med mycket garv, munhuggande och skitsnack. Ibland rena sjöslag. Drängfyllor. Super skallen i bitar. Andra gånger en enkel öl och korv i kvällsskymningen.

Man fightas mot andra om man blir angripna. Vaktar varandras rygg. Hjälper varandra flytta eller bygga på varandras hus. Hjälper varandra med vad än en broder behöver hjälp med. Pratar ut om livets problem och djävelskap. Kort sagt: Man lever ihop och gör resan tillsammans. Lever närmare än man och hustru. Delar fler allvarliga, livsförändrande upplevelser och allt detta gör att man växer ihop – Ingen är en och alla är allt!

Alla upplevelser man delat binder ihop starkare än några regler ensamma skulle kunna åstadkomma. Utan livet och upplevelserna, som formar och livger brödraskapet hade bikers kanske inte varit beredda att offra allt för varandra. Men på grund av brödraskapet går man gladeligen i döden för varandra och genomlever och uthärdar alla former av förföljelser och trakasserier riktade mot klubben eller en själv. Och, detta är brödraskap när det är som sannast och bäst.

Detta är brödraskapet när det är större än och sträcker sig bortom själva livet och döden

Det vidare brödraskapet

Bikers litar blint på varandra! Bikers vet genom de olika klubbarnas prövotid att andra bikers prövats och befunnits värdiga att bära en väst, varför de också är pålitliga.

Medlemmarna är klubben och gör klubben. Medlemmarna ger klubben dess ansikte och karaktär. Varje klubb består av en mängd olika individer som gemensamt blandar och ger en unik giv. Alla dessa enskilda klubbar bildar sedan, i sin tur, det stora som kallas bikerkollektivet. Inom detta större brödraskap lever man och träffas ofta och ideligen över klubbgränserna. Besöker varandra och går på varandras fester och evenemang. Trivs ihop, festar, tar en bägare eller en kopp kaffe och snackar skit. Kör korteger ihop. Träffas vid mc-verkstäder och affärer m.m. Det finns alltid en stark gemenskap och sammanhållning.

Är du ute på vägarna och hojen rasar långt hemifrån så slår du en pling till närmsta klubb och snart har du all hjälp du behöver. Med reservdelar och mekarhjälp eller transport av hojen till klubbstugan. Väl där ordnas käk, dusch och sängplats. Vill du bara hälsa på gör du det. Knackar på dörren och du är alltid välkommen. Behöver du en slaggplats så fixas det. All tid man tillbringar och allt man upplever över alla klubbgränser genom åren skapar även inom det större biker-kollektivet en mycket stark gemenskap och utgör själva grunden för det större och vidare brödraskapet inom bikerkulturen.

Man binds ihop av ett gemensamt intresse och gemensamma värde-ringar. Man lever samma liv inom samma kultur. Brödraskapet är känslan av att vara bland sina egna. Sin egen typ av människor. Människor som accepterar en för vem man är, vad man är och som man är.

Detta är de unika ingredienser som är brödraskapets innersta essens och utgör stoffet som får människor att fortsätta vara bikers trots alla påhopp och förföljelser. För du kommer alltid att ha mer att vinna än att förlora på att vara en del av bikerkulturen, vilket är grunden till att bikers uthärdar och genomlever allehanda förföljelser och trakas-serier!

Så, bikers är vad vi är och vi kan inte vara eller bli något annat! För bikerkulturen är inte en livsstil man tillägnar sig. Biker är något man är. En naturlig del av en själv. Det är helt enkelt något mycket större än en hobby eller en livsstil som är något man väljer. Att vara biker är inget val. Det är ett liv – vilket är en mycket stor skillnad. *Vi kör tills vi dör!*

Biker var jag ända tills jag dog och reglerna som bygger på heder som till exempel att man aldrig tjallar på någon, att ett avtal är ett avtal (Pacta Sunt Servanda) och att har du gett ditt ord så gör du också vad du åtagit dig. Till vilket pris som helst. Självklara saker för mig och förhoppningsvis för alla ni andra också. För på sådan grund kan vi bygga ett anständigt och moraliskt liv där vi kan känna förtroende och tillit till varandra och fungera utan trätor sinsemellan.

Jag vill också för er läsa upp en text som jag skrivit som gör att ni kanske får en större bild av hur vi känner att vi behandlades av sam-hället, som samhällets paria.

I en nära framtid

Jag kan se människor med bruna skjortor marschera. Jag hör deras ledare hålla tal där han uppmanar till allmän förföljelse och resning emot oss. Jag kan höra deras stöveltramp där jag ligger gömd. Nu hittar dom mig, slår mig i bojor och för bort mig.

Det är mörkt omkring mig när jag vaknar. Många människor sover runt om mig i en liten barack. Vi är alla likadant klädda: Vi har skinnvästar med namn och märken på ryggen. Svagt, minns jag att mamma berättade liknande historier när jag var liten. Om människor som var märkta med stjärnor som bodde precis som vi. Men föga hjälper det att minnas. Jag bor här nu och jag kommer att dö här.

Varje morgon släpas en flock människor skrikande iväg för att aldrig mer återkomma. Andra igen bärs ut och kastas på en hög utan ceremonier. Det är dom som haft tur, De som inte längre kan nås. De som inte plågas mer. De som fått dö. Men varje dag kommer tåget och fyller på med nya offer.

Mat är något vi får precis så mycket att vi svältande förmår uppehålla livhanken. Arbeta skall vi göra om dagarna. Med fotboja och länkade till varandra med grova kedjor. Vi jobbar med hammare och slår sönder sten. Stenen används inte till något speciellt men jobbet tär på oss så vi fortare dör. Ibland har man tur. Då blir man utvald att gräva gravar för de döda. Det är inte så slitsamt som att jobba med sten.

På söndagarna är det besökstid. Inte för oss men det kommer folk som får vandra runt och titta på medan vi jobbar. De är väldresserade. De har lärt sig läxan om våra lika hemska som oförlåtliga förbrytelser. Att vi valde att vara bikers och medlemmar i mc-klubbar. De kastar sitt glåp och sitt hat emot oss. När de kommer bort till likhögarna hurrar de och tjoar. De är lyckliga för att vi inte längre finns ibland dom. Jag undrar varför dom hatar oss så?

Folkombudskvinnan

Redan i tidiga år upprördes jag av orättvisor. Jag hade ett utpräglat

66

rättspatos och mycket klart för mig vad som var rätt eller fel. Mina föräldrar försökte inpränta i mig att det fanns alltid flera sidor av en berättelse och att det fanns gråzoner i livet där allt inte var svart eller vitt. Det örat lyssnade jag inte alls på. Sanningen kan aldrig vara en kompromiss. Den gick inte att schackra med. Sanningen var absolut och aldrig förhandlingsbar. Mamma och Pappa suckade djupt och diskuterade vad det egentligen skulle bli av, lilla mig, då jag aldrig var beredd att ge efter på mina principer. "En sådan flicka får inget gott liv. Hon kommer alltid att leva på tvärs mot samhället".

Jag växte upp, blev äldre men förändrades inte. Jag gav aldrig efter eller kompromissade med min moral eller rättskänsla. Orättvisor förblev orättvisor. Det som var fel var fel och det fanns inga gråzoner. Mitt rättspatos förblev obevekligt och är så än idag. Mitt rättspatos växte aldrig upp och blev vuxet. Jag hade kvar samma rättskänsla som när jag var 5 år.

Jag genomgick grundskolan såväl som gymnasiet med förtjänstfulla betyg. Jag läste in 20 poäng på juristlinjen och tillägnade mig de grundläggande juridiska verktygen. Jag lärde mig att hitta i lagboken. Jag lärde mig var jag kunde finna olika utredningar och propositioner som låg till grund för tolkningen av lagarna. Jag lärde mig till vilka instanser man överklagade vilka sorters ärenden. Jag lärde mig var jag kunde finna äldre rättsfall från Högsta Domstolarna. Jag lärde mig hur jag kunde hitta statens ombudsmäns rättsfall och jag lärde vilka lagar som var av betydelse för den juristverksamhet jag tänkte arbeta med.

Jag skapade en hemsida för alla de som hade drabbats av olika juridiska övergrepp som riksdagens ombudsmän inte ville vare sig granska eller utreda. Jag kallade mig Folkombudskvinnan och jag skapade en onlinetjänst med en digital anmälningsblankett. Klaganden kunde vid anmälan bifoga underskriven fullmakt, dokument, ljudfiler, videofilmer samt foton och sitt skriftliga vittnesmål kring vad de utsatts för.

Därefter utredde jag själv varje anmält ärende och drev ärendena vidare via skadeståndsyrkanden på minst 10 000 kronor till JK varvid staten tvingades utreda ärendena. I andra former av ärenden överklagade jag till domstolarna, olika myndighetsbeslut som gått mina klienter emot. Allt emot en ringa avgift som inte var i närheten av hutlösa advokatarvoden. Jag jobbade så hårt jag kunde för att förtjäna mitt uppehälle och det var allt jag begärde. Jag kände jag gjorde något bra för mina medmänniskor vilket fyllde mig med glädje och belåtenhet. Vad mer kan en människa begära än ett givande arbete som tillfredsställer hennes sinnen?

Jag var en selfmade kvinna med smått autistiska drag. Jag ville hjälpa de som inte hade råd med advokathjälp men jag ville varken träffa dem eller prata med dem per telefon. Därav hemsidan med alla inbyggda funktioner som gjorde telefon- och live-samtal överflödiga. Mejlkontakt var nog för mig. Jag gillade verkligen inte människor och levde ensam och isolerad med mig själv och mina böcker som enda fritidsintresse.

De ärenden jag drev handlade om diskriminering, olaga kroppsvisitationer, kroppsbesiktningar samt husrannsakningar i fordon eller bostad. Därutöver olika former av trakasserier från myndigheternas sida.

När jag läst in mig på mina områden så rönte jag i de flesta av mina fall framgång och mina klienter fick rätt betydligt fler gånger än att mina anmälningarna och överklagandena resulterade i förluster. Jag var förnöjd med min verksamhet och med att mitt arbete verkligen gjorde skillnad. Det var allt. Jag behövde inga horder av pengar, inget lyxliv eller lyxartiklar. Jag trivdes väl med mitt tillbakadragna och ensamma liv. Jag var nu snart 30 år och hade aldrig haft någon man.

En dag fick jag in en anmälan från en biker som skulle komma att förändra mitt liv. Anmälan var väldigt omfattande då han verkligen bemödat sig om att skaffa underlag och bevis. Filmer, foton och inhämtade protokoll från polisen, över en rad insatser. Dokumentens omfattning och innehåll påvisade inte bara att mc-klubbens medlemmar utsatts för en rad olaga stopp av fordon med visitationer och fordonsgenomsökningar. Mängden insatser utan att konkreta omständigheter förelåg påvisade direkt att polisinsatserna utgjorde trakasseri samt systematisk och strukturell diskriminering vid 46 tillfällen under knappt 18 månader.

Jag beslutade att bryta mot mina egna regler och ringde det angivna kontaktnumret. Under ett två timmars samtal fick jag höra hårresande historier om en förföljelse jag tidigare aldrig hört talas om av en grundlagsskyddad förening. Att inte media för längesen hade tagit tag i detta och ställt myndigheterna mot väggen var mer än jag kunde förstå. Det handlade ju om en statligt iscensatt förföljelse som saknade all form av rättslig legalitet. Det handlade om insatser som stod i direkt strid inte bara mot landets grundlag utan även de mänskliga rättigheterna i Europakonventionen m.fl. konventioner.

Han erbjöd sig att hämta mig så jag kunde följa med till klubbens lokaler och prata med de övriga medlemmarna och jag hörde mig förvånande tacka ja till inbjudan. Jag ångrade mig strax efteråt och förde en inre diskussion i flera dagar innan mötet skulle äga rum. Men, jag lämnade inte återbud. Jag som knappt träffat en människa på 7 år, och inte fört några diskussioner med någon utom om priser i affärer, skulle nu träffa flertalet individer på en och samma gång under en kväll. Han hämtade upp mig. Inte i bil utan på motorcykel. Jag fick sitta bak. Jag som aldrig varit i närheten av en motorcykel.

Att sitta bakom en biker på en starkt vibrerande motorcykel med ett högt läte var för mig en helt ny upplevelse. Det var starkt och mäktigt och man kände genom hela kroppen motorcykelns vibrationer och råa styrka vid gaspådrag.

Framme i klubbhuset mottogs jag som en drottning av medlemmarna som ordnat mat och dryck. De hade alla massor av material om övergrepp mot klubben såväl som de enskilda medlemmarna. Jag blev lite halvt på snusen och något vaknade inom mig som jag aldrig känt förut. Det torde väl räknas som en attraktion, en sorts fysisk dragningskraft gentemot "min biker". När han körde mig hem efter en mycket trevlig kväll så kom vi överens om att han skulle se till att samla ihop allt material som klubben och medlemmarna hade och nästa fredag komma hem till mig och överlämna. När fredagen var inne var jag nervös och upphetsad. En känsla jag inte visste vad jag skulle göra med. Jag visste ju inte ens hur jag skulle gå vidare.

Allt löste sig när han kom. Han överlämnade det mycket dryga materialet och därefter tog vi ett antal öl. Han satte sig försiktigt bredvid mig och kysste mig och jag blev varm i hela kroppen och något underligt hände med mitt underliv och en starkt pirrande känsla spred sig igenom min magtrakt. Han började klä av mig jumpern och frågade mig om jag ville fortsätta i sängen. Ja, sa jag men du får leda mig igenom då jag är oskuld. Han såg överraskat på mig men sade inget utan tog mjukt min hand och ledde mig in till sängen. Långsamt under kyssar över hela min kropp befriade han mig från alla mina kläder. Han tillfredsställde mig sedan med händer och mun innan han tog av sina egna kläder och långsamt och mjukt förde mig mot orgasmer med sin lem djupt inom mig. Det var en fantastisk upplevelse och han blev kvar över hela helgen tills han körde till jobbet 20 mil därifrån för att återkomma till nästa helg. Jag lovade honom att under tiden gå igenom materialet och ge honom ett förslag om hur vi skulle gå vidare när vi åter träffades.

När vi träffades helgen efter lade jag fram min plan. Vi anmäler till Justitiekanslern och begär skadestånd för systematisk och strukturell diskriminering samt trakasseri. Vi kommer självklart inte att få rätt då det är staten som begått övergreppen. Men med anmälan har vi tömt ut de nationella rättsmedlen varefter vi kan föra saken till Europadomstolen. Samtidigt öppnar vi också ett överträdelseärende mot staten via anmälan till Europakommissionen samt anmäler staten för brott mot FN:s mänskliga rättigheter till FN.

Jag visste väl att jag gjorde rätt när jag skickade in anmälan till dig, sa bikern. Det är perfekt. Så gör vi. Nu tar vi några öl till sen älskar och pratar vi resten av helgen. Han ringde ett snabbt samtal till klubben och meddelade mina förslag. Då alla var samlade så höll klubben möte och beslutade att ge mig klartecken att sätta igång processen. Då formligen exploderade, eller kanske rättare sagt imploderade, huset och vi föll huvudstupa och begravdes under husmassorna. När vi vaknade så vaknade vi döda och här är jag och min biker idag och vi är ett par.

Par 7

Mannen som tappade sina tankar

Det var en gång en man som blev överfallen och fick ett slag rakt över pannan med ett baseballträ. Han föll ihop medvetslös och vaknade upp på sjukhus med hjärnskakning och huvudvärk. Röntgen påvisade skallbrott. Efter att ha fått smärtstillande i fyra dygn var han närmast helt smärtfri.

Någonting var dock väldigt fel. Han kunde inte direkt vid uppvaknandet fastställa vad det var som fattades. Han insåg efter ett tag att det var avsaknaden av närvaro. Närvaron av flödet, det konstanta sorlet av tankar som alltid brusat genom hans huvud. Flödet som ibland kunde hålla mannen vaken hela natten igenom. Stora tankar. Bitar av eller hela texter, strukturen för en text eller viktiga stycken. Allt teg, allt var tystnad. Det fanns helt enkelt inte där. Det var borta. Förlorat? Kanske för alltid.

Det var som att träda in i en skog utan fågelsång, utan vindens vinande i trädkronorna och utan bäckens blyga porlande. Det var som att mista hela sin sorlande vänkrets över en natt. De som alltid vistats i samma rum och alltid varit närvarande och kunnat tillfrågas sedan man varit tonåring. Nu var lokalen utrymd, tömd och evakuerad och jag var ensam kvar sittande stumt stirrande i den dödstysta, ekande lokalen. Min tanke hade tystnat. Det var hjärnstilla. Jag var inte längre någon hjärnarbetare.

Jag var arm, utarmad. Jag kände mig förflyttad från den högsta form av liv till lägsta. Man brukar säga att varje författare drabbas av skrivkramp någon gång i sitt värv. Det var det här, för även om min skrivkramp hade fysisk orsak var resultatet detsamma. Inte en rad kom ner på papper. Inga idéer kom till mig. Jag var och förblev tom. Tom som en dum. Så här borde en identitetskris vara. Jag tänkte: Är jag fortfarande författare fast jag saknar såväl ord, som tankar och idéer? Är jag författare om jag inte skriver? För en författare, en hjärnarbetare, är det direkt katastrofalt att tappa sina tankar.

Jag är en människa som lever i mina tankar. Jag lever genom mina tankar. Min viktigaste egenskap var mina tankar. Jag var mina tankar.

Utan mina tankar var jag inte, fanns inte mitt jag längre. Det som var mig var utplånat. Jag existerade blott. Jag hade förlorat mig själv. Så lärde mig min sjukdom en livsläxa och klarade samtidigt ut min identitet, mitt jag, min beståndsdel för mig.

Jag var i förvandling stadd. Jag hade nått min kvarn och gått in i den. Den som kommer ut är inte densamma som gick in. Jag hade malts och sönderslitits till små, små pusselfragment av mig själv. Jag har länge och nogsamt fogat samman bitarna till en helhet igen men bilden av mig själv är en annan från innan.

Jag hade tidigare varit en ambitionslös deckarförfattare. Jag skrev tämligen oinspirerat nonsens som så många andra i min tid gjorde. Jag skrev alls inte för skrivandets skull. Jag skrev för pengarna, statusen och kändisskapet som kommer med en bestseller och dess uppföljare. Jag var framgångsrik. Jag skrev verkligen en bestseller där det enda minnesvärda var en originell idé om ett olösligt mord. Mordet som aldrig går att lösa med logikens eller bevisens hjälp utan bara kan lösas som en teoretisk och filosofisk tes utan möjlighet att sätta dit mördaren såvida inte mördaren själv bekänner brottet.

Boken var dåligt skriven och bestod endast av en genial ide. Dock rullade pengarna in i stora, täta strömmar. Jag var rik och fick min berömmelse, min status så då borde jag väl vara nöjd, eller? Jag hade ju nått mitt mål och jag hade idéer för några uppföljningsdeckare. Men trots att jag förekom i tidningar, TV och radio var jag tvärtemot närmast äcklad över den usla kvalitén på boken jag publicerat. Det gav mig inte vad jag väntat mig, vilket ju i och för sig är enkelt att säga när man hamnat på toppen.

Så en regnig dag var mina tankar oförklarligt tillbaka. Jag var jag igen. Bruset av tankar strömmade genom mig och genom att jag tänkte levde jag igen. Jag var åter en författare. Denna gången skulle jag bli en "riktig" författare! En författare med glöd och hängivenhet.

Kvarngången hade ovillkorligen förändrat mig. Jag vägrade skriva någon uppföljare. Gjort är gjort men görs aldrig om igen. I nästa bok jag påbörjade var jag nöjd med varje ord jag skrev. Boken hade en mening, ett syfte och skrevs inte för pengar eller med berömmelse som mål. Jag skrev hädanefter bara för egen skull. Läsarna fick tycka och tänka vad de ville om alstren. Men de framtida böckerna skulle ha själ, djup och innehåll oavsett hur de skulle komma att bedömas.

Att skriva är alltid ett ensamt yrke så vad brydde jag mig om kritikers beröm, förlagens förnöjsamhet och publikens hyllningar. Jag skrev för mig och om någon tyckte om mitt skrivande, so fine. Om inte? So what? Det rörde mig inte i ryggen. Jag hade tagit steget från att skriva simpla deckare till riktiga böcker. Jag hade gått från ordmånglare till författare.

Efter att ha skrivit ytterligare några böcker med större vikt och djupare innehåll som renderade mig ett rykte om att vara en författare att räkna med, så dog jag plötsligt. När jag kom ut på andra sidan döden visste jag genast vad jag hade att göra. Jag tog på mig min uppgift och började skriva krönikan om de döda levande människornas historia. Efter att mannen i par 1 hade skrivit inledningen fram till vittnesmålen och därefter avsagt sig uppdraget på grund av viktigare uppgifter, så tog jag över författandet av krönikan.

Jag visste att krönikan skulle vara av vikt en gång om så bara för oss olevande. Så jag lade jag ner min själ i författandet och var särskilt noga att tillse att den blev korrekt upptecknad och att alla moment och element av vår levnad blev skildrade. Goda såväl som dåliga. Var det bra eller dåligt att skildra allt? Det kvittar. Det var mitt val som författare att göra. Det är vad det är. Det är således min krönika över vårt oliv ni har i handen och läser. Nedan följer ett exempel på min nya skrivstil:

Tag mig hem genom natten

Ta av dina kläder och kryp naken ner i min säng. Vänd din varma rygg mot mitt bröst och låt oss vila, älska och sova så, innan jag i natt måste gå. Jag hör vargarna vässa sina klor mot dörren, jag hör rovdjuren jaga i natten.

Jag hör bestar som ingen människa skådat vandra och fläka och öppna jorden mot gränslösa djup. Jag hör änglar förintas och vräkas mot stupen. Älvorna stympas och dräpas. Alver och Vättar fly för sina liv. Det är just en sån natt som mörkerväsen äger. De vaktar och vakar så ingenting undflyr svärtan.

Å, det finns ingen värme i elden mer och det finns inget ljus i mörkret. Det finns bara du och jag i natt. Du är den enda som kan kalla på min själ och bli hörd. Du är den enda som kan leda mig tillbaka. Ta hem mig genom natten när jag försvinner in i min själs eget mörker.

För i natt finns inga spår, inga stigar, inga vägar. Det finns inga landmärken och inget bekant. Det är världar av natt och mörker och det är längesen ljusen och eldarna brann ut. Jag har varit där förr men för varje gång blir det allt svårare att ta sig tillbaka, för även mörkret blir tätare och svartare efter hand.

Och, det är lätt att leva i mörkret. Alltför lätt. Att ge upp, sluta kämpa. Låta bestarna vinna och mörkret ta över och sluka en. Och, det är så svårt att leva i ljuset och värmen och bara du, min älskade håller mig kvar.

Nunnan

Jag blev som närmast alla andra barn med religiösa föräldrar förledd till min tro. När jag var liten trodde jag att alla gick i kyrkan och att det var något man måste göra som människa. Inget konstigare än att arbeta eller bilda familj. Jag gick med mamma och pappa i kyrkan varje söndag och däremellan vid andra högtidsdagar och mässor. Jag valde alltså inte själv min tro...

Jag fick lära mig att be aftonbön innan sömnen. Min mamma bad med mig tills det blev en vana och jag själv förrättade min aftonbön. På samma vis tillvandes jag att be bordsbön och tacka gud för maten. Religionen kom således med livet och blev till vana innan jag började tänka själv.

När jag var gammal nog att förstå att det fanns människor som aldrig gick till kyrkan, bad aftonbön eller bordsbön var religionen så ingrodd

74

i mig att vanan aldrig ifrågasattes. Jag var präglad att tro. Indoktrinerad att acceptera en lära jag kanske aldrig tillägnat mig om jag hade fått välja fritt. Men fria val kring religionen är något som aldrig föreligger för barn till religiösa föräldrar. Godtrogna, obildade barn leds till korset av sina herdar, föräldrarna. Inte olikt de får som leds till slakt av sin herre.

Det värsta är dock att det som inpräglats i barndomen inte heller med stigande ålder ifrågasätts. Då har tron blivit en vana, en rutin och en självklarhet. På så sätt är den hjärntvätt föräldrar iscensätter permanent och bestående. Det borde helt enkelt vara i lag förbjudet att medta barn till religiösa arrangemang fram tills de uppnått myndighetsålder och är vuxna nog att kritiskt granska uppgifterna om guds existens och själva fatta beslut om de vill tillhöra någon religion eller närvara vid en religiös ceremoni.

Den grundlagsskyddade Religionsfriheten skyddar rätten och friheten att utöva sin religion men borde i lika hög grad innefatta rätten och friheten att slippa utöva eller ta del av någon religion.

Följden för dessa ofrivilliga barn som utan en tanke blir religiösa blir också en väldigt ytlig tro. De har inte frivilligt valt och tillägnat sig en religion utan fostrats in i religionen. Så tror de heller icke på själva trossatserna utan går i kyrkan av vana och brist på alternativ.

Religionen har därvid ersatt en drog eller ett rus. Människorna är blott söndagskristna och går i kyrkan under helgen sen stuvar de in sin Jesus i garderoben till nästa helg och bryter i parti och minut mot budorden. Anledningen till den bristande respekten hos de religiösa att iaktta budorden står självklart att finna i det faktum att de religiösa saknar egentlig tro på gud, Kristus m.fl. gudar samt det religiösa budskapet och reglementet. De har vant sig vid kyrkogång på samma vis som en person som vanemässigt på fredagen eller lördagen istället intar ett antal centiliter sprit eller ett visst antal öl. Det är där och då men inte sen i veckan.

Varför genomskådar barnet då inte gud? Jo, för att gud vare sig kan ses eller höras. Det finns ingenting vare sig att ta på eller att tro på eller misstro. Det enda som finns är att förhålla sig till bibeln. Men för att avgöra sanningshalten i ett sådant verk krävs en betydligt högre ålder, så barnet hunnit tillägnat sig kritiskt tänkande.

Jag fortsatte dock utan eftertanke att be och gå i kyrkan och konfirmerades vid 15 års ålder. Därpå gick jag i kloster och gjorde provtjänst först som postulat och novis innan jag slutligen fick möjlighet att avge mina klosterlöften. Jag lovade att leva i fattigdom, celibat och lydnad. Jag tillbringade dagarna med kontemplation och bön. Det var långa dagar som inleddes med bön redan klockan 5 på morgonen och därefter arbete i kök och trädgård fram till middag. Eftermiddagen tillbringades med mer kontemplation och böner. Dock anfäktades jag efter några år av tvivel kring guds existens. Jag hade ju aldrig valt tron och därför aldrig på allvar övervägt fakta som talade för eller emot guds existens. De svar jag fick när jag tog upp problemet var diffusa. Svaren handlade inte om bevis. Utan om att jag skulle tro och därmed bli upplyst och känna gudens närvaro. Trodde jag tillräckligt behövde jag inga bevis, var de svar jag fick på mina förfrågningar.

Svaren hjälpte mig dock föga och mitt tvivel ökade än mer. Var mitt liv förfelat? Jag tvivlade allt mer och jag funderade mycket. Jag var fortfarande ung, 19 år gammal. Jag hade dock aldrig varit ung och levt ut ungdomens känslor och hormonstormar. De började drabba mig nu. Jag drömde alltmer erotiska drömmar om nätterna och vaknade upp våt mellan benen. Bara jag rörde vid mitt kön brände det till. Jag slets mellan celibatlöftet och en allt större längtan att försöka tillfredsställa mig själv. En ren dödssynd för en nunna. Jag tänkte vidare och skrev ned följande text:

Det var icke Gud som skrev bibeln. Bibeln var icke Guds verk och ord!

Bibeln var aldrig guds ord och verk. Det var inte gud som skrev bibeln. Det var icke guds ord som folket läste ur Bibeln och tog till sig som gudsord.

Nej, det var människor som skrev bibeln och så lade in de påbud, fördömanden och förbud som de ansåg riktiga. Så var det därför aldrig guds ord att kvinnor ska tiga i de heligas församlingar, vilket vill säga under gudstjänsterna. Uttalandet var ett illvilligt reducerande av kvinnorna, nedtecknat av män vid sammanfogandet av 39 olika böcker till Bibeln, år 397 e.kr.

Det var heller icke Guds ord som återgavs i Tredje Moseboken 20:13: Om en man ligger hos en annan man som man ligger hos en kvinna, så gör båda en styggelse. De skall straffas med döden, blodskuld vidlåder de.

De troende människorna intalade sig dock att det var Guds egna ord i Bibeln vilket färgar och bestämmer deras tankar och liv än idag. Så går de kristna också omkring och fördömer starka kvinnor samt lesbiska och homosexuella, ty så har Gud sagt. På samma vis är förbudet mot masturbation människoskapat utan guds inblandning.

Dock har de troende fel. Bibeln var icke guds ord och verk. Förbud och påbud har stiftats av självrättfärdiga människor och inget annat. Lämna därför Gud utanför. Det är män och inga andra som diktat Bibeln och förbuden.

En dag kom en författare på studiebesök inför en kommande bok. Jag skulle visa honom klostrets seder och bruk. Låta honom bevittna våra bönestunder och se våra bostadsceller, sa abbedissan. När vi var klara och även besett klosterträdgården tog vi en slät kopp kaffe och pratade. Han berättade för mig att han rehabiliterade sig själv då han tappat sina tankar men nu återknutit bekantskapen med sitt skapande och återigen tänkte fritt. Han överrumplade mig med en direkt fråga om jag aldrig blev kåt. Jag rodnade och tittade ner innan jag nästan viskande svarade att jag sedan en kort tid tillbaka ansatts av våta drömmar. Kände jag en pockande lust som hotade mitt celibatlöfte? Ja, jag tvivlar på min religion men också på det nödvändiga för en nunna att framleva i livslångt celibat. Det gör bara vårt liv svårare och vad hade egentligen min tro på gud med avhållsamhet att göra? På vilket vis blev jag en sämre eller mindre troende människa för att jag masturberade eller hade samlag?

Tvånget att avstå gör en ofokuserad, frustrerad och tar koncentrationen ifrån våra kontemplationer och bibelstudier. Det får en att tvivla på tron och den gud som kräver celibat av sina följare. Jag känner mig som en fånge i min egen kropp. Utan tillåtelse att röra min egen kropp och tillfredsställa mina lustar. Frustrationen rider mig och befrielsen är samtidigt inte tillåten att få utlopp för. Kan du bryta dina celibatlöften och lämna klostret, frågade författaren. Nej, löftena är för livet och kan ej återkallas.

Om det var någon annan makt eller om mina ord gjorde att jag bön-hördes vet jag ej men just då föll klostret ihop efter vad jag trodde var en jordbävning på grund av styrkan i jordens uppror som skakade och trasade sönder byggnaden. Efter en evighet eller en timme vaknade jag upp bredvid författaren i en lucka under stenblocken av klostret. Vi grävde oss ut tillsammans och insåg att inga fler levande fanns under den sammanfallna klosterbyggnaden.

Vi fattade varandras händer och vandrade därifrån. Redan samma dag älskade vi på en äng och min författare ledde mig varsamt rätt i akten och lät mig erfara en annan sorts himmelsk lycka. En påtaglig och rent kroppslig andakt. I och med klostrets sammanfall var jag löst från mina livslånga celibatlöften och kunde vandra bort med min författare och leva ett liv, befriat från dogmer och påtvingad tro.

Jag löste mig själv från mina bojor och lämnade kloster och det religiösa livet bakom mig för alltid. Jag var äntligen en frilevande och fritänkande varelse. Jag var fri att skapa mitt eget liv tillsammans med min man.

Par 8

Soldaten

Mig hände nästan ingenting mellan vaggan och rekryten. Jag var en nolla och medelmåtta i allt. Speciella intressen och nära vänner saknade jag helt. Därutöver hade jag väldigt svårt att underhålla mig själv men det är ju å andra sidan numer legio. Folk kan inte sysselsätta sig längre om de inte gör det med mobilen. Har de nån gång en timme eller en eftermiddag över så tillbringar de ofelbart tiden med att umgås med mobilen.

Nåväl. När jag gått ut gymnasiet sökte jag mig till det militära. Varför? Ja, varför inte, tänkte då jag inte kom på något annat vid tillfället. Så du hade inga andra tankar kring det militära? Nej, det militära passade mig lika bra eller illa som allting annat och min mamma brukade säga att statliga jobb var trygga och säkra. Så därför var jag nu i statlig tjänst med gratis mat, arbetskläder och arbetskängor.

Efter att ha utbildats i sex månader genom att marschera med och utan ryggsäck, lära mig skjuta samt klara den militära hinderbanan hyggligt var det så dags för allvaret. Min grupp beordrades att hjälpa en främmande regering att behålla makten och slå ner motståndet från folkets armé. Vi fick i princip fria händer att tillgripa vilka metoder vi ansåg passade aktuell situation. Bara resultatet blev att regeringen tvingade tillbaka rebellerna.

Den första byn vi kom till var öde. Folket hade flytt och vi såg till att de inte kom tillbaka genom att med eldkastare bränna ner alla hyddor och hela skörden. Onödigt och grymt ansåg jag men i det militära ifrågasätter man inget. Man lyder blint order utan att ägna en tanke på om det är korrekta eller befogade order man verkställer.

Så fortsatte vi vår vandring genom djungeln tills vi kom fram till nästa by. Vi samlade med hjälp av våra maskingevär ihop byborna på torget och brände omsorgsfullt ner alla husen. Därefter var det dags för arkebuseringar. Befälen skulle visa oss gröngölingar hur det skulle gå till. Männen i byn ställdes upp på rad och sköts till döds under alarmerande och hjärtskärande skrik från deras kvinnor och barn. Därefter ställdes pojkarna upp på rad och mejades ner. Därefter var det flickornas tur att sändas i döden. Vi var 24 st i vår grupp och sex av oss vände de oss bort och deltog ej i arkebuseringarna. Vi gjordes hån av och kallades mesar och bögar av resten av gruppen.

Så var det slutligen kvinnornas tur och nu var det inte längre tal om frivillighet. Vi sex som ej deltagit i arkebuseringen av flickorna fick

79

nu order om att avrätta kvinnorna. Vi såg på varandra och till sist sade jag: Inga som har skjutits här har varit annat än bönder och barn och detsamma gäller kvinnorna. De är vanliga bondkvinnor och inte soldater eller stridande. Det var inte för att mörda oskyldiga civila som jag blev soldat! Vägrar du lyda order soldat, frågade sergeanten? Ja, svarade jag. Då tas du ur tjänst här och nu och kommer att ställas inför krigsrätt. Då får det ske, sade jag och ställde sen en fråga till de övriga soldaterna? Är ni beredda att fortsätta döda oskyldiga civila? Var det för att skjuta civila ni blev militärer? Om inte, så lägg ner vapnen här och nu.

Alla utom de fyra befälen kastade sina vapen, Befälen blev vansinniga och pratade om upplopp, landsförräderi och myteri. Vi kommer inte att föra er hem för att ställas inför militärdomstol och riskera att ni går fria. Vi har ett uppdrag att fullfölja här och kommer inte att avbryta för att forsla er hem. Vi kommer att ta hand om er på samma sätt som vi tagit hand om byborna. Vi kommer att skjuta er som de fega, sjuka hundar ni är.

Han vände sig om, beordrade fram befälen och gav order om eld mot kvinnorna. Det var då jag höjde och riktade mitt maskingevär direkt mot befälen och sköt dem alla till döds. Jag hade gjort mitt val och jag hade tagit mitt första viktiga beslut som vuxen.

Var fan går man härifrån? Mina kamratsoldater var chockade och förstod inte vad som hänt. De förstod överhuvudtaget inte att jag precis räddat deras liv då arkebusering av oss var beordrad. De tog helt och hållet avstånd från mig och mitt handlande. De ansåg inte det var berättigat. Jag var ensam i detta. De tog upp sina gevär, vände mig ryggen och vandrade bort.

Jag satte mig ner och rökte för att fundera på vad jag i nutid skulle göra åt situationen. Jag kunde fly till ett grannland och därifrån ta mig vart som helst i världen. Men ville jag fly? Jag skulle aldrig bli fri och jag skulle jagas tills de fann mig. Nej! Jag skulle åka tillbaka och ta mitt straff.

Jag gick tillbaka till basen där de bojade mig och såg till att vi alla flögs hem. De andra soldaterna skulle vittna mot mig i kommande rättegång.

Fallet var unikt och blev enormt uppmärksammat i media under rätte-gångens tre månader. Jag dömdes för nödvärn med övervåld och fick tillbringa åtta år inlåst. På grund av den mediala uppmärksamheten kring fallet erbjöds jag 7 miljoner för att skriva en bok om händelsen. Jag tackade ja och tänkte spendera mitt fängelseliv genom att skriva av tiden.

Men först återstod självarbetet. Jag var tvungen att inför mig själv grundligt reda ut vad som faktiskt hände och vem jag var nu. För när livsomvälvande händelser inträffar förvandlas man oundvikligen. När du passerat ditt jags bortre gräns är du någon annanstans. Du är en annan. Du är inte längre helt människa, du är även djur, ett rovdjur. Ditt samvete, din moral har stängts av och du befinner dig i ett gräns-land på fel sida gränsen. Du kan nu i princip begå vilka brott och övergrepp som helst. Mord, seriemord, terroristbrott och bombdåd. Du kan slå ihjäl och grovt misshandla människor. Du kommer inte att ångra dig eller tveka medan du handlar då dina moralvakter och ditt samvete är bortkopplat. Spärrarna har kopplats ur. Men är det så du vill det ska förbli?

Bara du kan bestämma nu och ta över rodret igen. Ta kommando över din människa. Ditt jag. Du kan själv välja att kalla in vakterna till nya pass. Du kan koppla in de bortkopplade systemen igen och än en gång bli människa och passera tillbaka över gränsen. Eller, kan du för alltid förbli i det rödögda rovdjuret styrt endast av din uråldriga reptil-hjärna. Redan i och med att jag fattade beslutet att skjuta mina över-ordnade var jag en annan med rovdjurets reaktioner och skrupellösa handlingsmönster. Förvandlingen skedde före dådet. Endast rovdjuret kunde ha dödat de fyra människorna och därefter komma ut som en annan efter dådet. Ett urtida väsen du inte känner men som du måste umgås intimt med under en längre tid för att återställa dig och åter-upprätta moral och spärrar om du inte permanent ska förbli rovdjuret. Jag var beredd att ta jobbet och jag gjorde det.

Efter att funderat och analyserat mitt beteende vid dådet frikände jag

81

mig helt ifrån brottsanklagelserna. Jag handlade i nödvärn till försvar för mitt och mina soldatkamraters liv vid tillfället. Det fanns inga alternativ i situationen än att skjuta befälen. Många håller säkert inte med mig utan anser att en militär order aldrig kan ifrågasättas och om en person likväl handlar emot given order så får han oavsett omständigheterna ta sitt straff. Jag å andra sidan tror på människors lika värde och rättigheter vilket i ärendet innebar att de som begick brott var befälen som utan iakttagande av bybornas mänsklighet beordrade utrotning av en rad civila människor som inte deltog i kriget och därefter beordrade avrättningen av de soldater som vägrade mörda civila. Det är två helt olika livsåskådningar som här ställs emot varandra och där jag varje gång skulle välja att bryta order hellre än mörda oskyldiga civila.

Jag blev människa igen men en helt annan människa. Dock hade jag behållit min mänsklighet igenom att inte mörda civila.

Boken blev en succé och jag lyckades även rehabilitera mitt jag. Jag var en annan nu. En annan människa. För övrigt, vilket jag kanske inte berättat, ärvde jag min far och eftersom han var högadlig och enormt förmögen drog jag in en charmig överdebiterande advokat till hustru. Hon är dyr i drift men bra i sängen.

Slutade då denna berättelse lyckligt, trots allt? Nej, det vore väl en klar överdrift att påstå då jag nog för alltid kommer att minnas det mörker jag tvingades färdas igenom under en lång tid.. Ett mörker som för övrigt fortsätter att hemsöka mig med jämna mellanrum i sömnlösa nätter. Jag blev förvisso människa men en människa som levt alltför länge med det rödögda vilddjuret inom mig och alltför väl lärt känna den gränslöses onda tankar och erfara hans reaktioner. Idag lever jag några få steg utanför vilddjurets räckhåll. På andra sidan gränsen. På den milda och inte vilda sidan av gränsen.

Advokaten

Redan som femåring blev jag intagen och fascinerad av kvinnliga statusaccessoarer. Dyra modeklänningar, handsydda skor, väskor från modehusen. Cartiersmycken, diamanter, snabba och dyra sportbilar m.m. Jag gick igenom min mammas veckotidningar. Jag smög mig in hos den lokala hårfrisörskan och bläddrade igenom hennes skvaller-tidningshög med reportage kring premiärer och vernissager. Jag visste att dessa saker skulle jag äga en dag. Den enda frågan för mig var vilken bana i livet jag skulle välja för att kunna köpa allt jag ville ha.

Frågan gnagde mig fram tills en kväll jag råkade överhöra ett samtal när jag övernattade hos min bästa vän. Jag var då 10 år gammal. Min bästa väns pappa satt och diskuterade med en gammal inbjuden vän över ett glas whisky. Vännen frågade just hur lönsamt advokatyrket var. Det är extremt lönsamt, svarade pappan. Jag debiterar mina klienter 5 000 kronor i timmen för rådgivning, utfärdande av doku-ment samt vid utredningar. Jag debiterar också 5 000 kronor för att sätta upp en digital mapp som innebär att jag trycker på ny mapp och byter namn till ett nummer och fyller i ett dokument med klientens namn, adress och ärendenummer samt drar in de dokument som hör till hans mapp. Varje telefonsamtal debiteras med 3 000 kr för varje påbörjad timme. När vi gör juridiska utredningar så debiterar vi 75 % fler timmar än vad det verkligen gått åt. För varje brev vi skriver till vår klient debiterar vi minimum 5 000 per sida och varje påbörjad sida i en anmälan kostar lika mycket. Överklagan etc. kostar från 40 000 kronor och uppåt. Är det väldigt komplicerade ärenden kostar det 300 000 att inleda och utreda om vi ska ta oss an fallet. Detta är bara några exempel, avslutade min bästa väns pappa samtalet med.

Jag skrev ner allt jag hört och sen visste jag hur jag skulle gå till väga när min utbildning till advokat var klar. Jag förstod att jag behövde plugga hårt och få väldigt höga betyg. Pappa och Mamma stöttade mig då de trodde jag jobbade för att få ett, vad de menade, väl ansett och anständigt yrke. Själv hade jag inga som helst sådana föresatser. Vad brydde jag mig väl om anständighet och anseende? Jag brydde mig lika lite om anseendet som varje falls utgång. Fuck that! I was only in it for the money.

Jag siktade mot det bästa universitetet i landet och kom in när tid väl var. Jag gick ut som kursetta och de fina advokatbyråerna bjöd över varandra för att få just mig som anställd. Jag började och tjänade pengar under tre år. När jag vunnit några uppmärksammade mål startade jag eget. Jag hade nu ett namn som skicklig advokat och kunde sätta min plan i verket.

Jag blev advokat för att finansiera mina inköp av statusprylar via hutlösa arvoden. Jag var egentligen i huvudsak bara en simpel girig liten fitta utan det minsta empati för någon annan än mig själv.

Jag debiterade utefter den lista jag redan som 10-åring skrev och höjde arvodena med 50 % rakt över. Jag fyllde min bostad med dyra märkeskläder väskor, klänningar, handsydda skor, juveler, diamanter samt de väskor som var mest exklusiva och dyra. Jag dejtade rika, äldre män och syntes på societets- och välgörenhetsmiddagar, fester och event samt fotades på röda mattan tillsammans med kändisar vid olika filmpremiärer. Jag ägde också en stor flott takvåning och körde runt i en röd Ferrari. Självklart senaste årsmodellen. Jag hade lyckats. Jag hade fått allt det jag önskade och mitt kundklientel blev allt finare och rikare allt medan jag debiterade dem allt högre och högre arvoden. Det var ett vad jag kallar ömsesidigt utbyte.

Det enda jag fattades var en livförsäkring och då menar jag inte en försäkring jag skulle betala dyra premier till ett bolag för. Nej, jag syftade på en verkligt rik man jag kunde gifta mig med och som var så pass dräglig och intelligent att jag faktiskt skulle kunna tåla honom. En man vars förmögenhet var så ofantlig att den skulle överleva både världskriser och världskrig. Barn var inget alternativ. Jag valde bort barnalternativet redan när jag själv var barn. Inget skulle hindra mig eller ta tid från mitt lyxliv med statusprylar.

Jag fann en stenrik adelsman. Han var 40 år, författare och före detta soldat med inbyggd självdistans och humor och jag tålde honom. Tillräckligt för att stå ut med dagar tillsammans och för att uthärda honom i sängen. Han var till och med så skicklig att han tillfredsställde mina lustar och behov. Var det kärlek? Självklart inte. Han var min livförsäkring och garanti för ett konstant inflöde av medel att finansiera statusprylarna för resten av mitt liv.

Par 9

Viltbiologen

Redan från födseln fascinerades jag av djur. Jag gillade de kramdjur som föreställde levande djur och min uppsättning av djurminiatyrer i plast var mina käraste leksaker som jag kunde sitta still i timmar och leka med. Jag älskade att få böcker om djur samt att få högt uppläst sagoböcker med berättelser om djur innan jag somnade.

När jag var åtta år så bestämdes arten av mitt djurintresse. Min familj besökte Kolmårdens djurpark och i ett obevakat ögonblick smet jag undan för att ensam ta en titt på vargarna. En närmast helt vit varg kom långsamt emot mig och stannade och satte sig ner mitt framför mig. Det skilda bara en meter till det höga stängslet för var och en av oss. Den vita vargen betraktade mig noga. Hon tog in hela mitt väsen och såg rakt in i min själ. Med en fascination gränsande till förtroll-ning kunde inte heller jag slita mina ögon från honans ögon. Ett förun-derligt ljud passerade honans strupe medan hon med ögonen fast i mina la en tass mot stängslet. Jag lade min hand emot hennes tass från andra sidan och mitt öde var beseglat. Vi var två av samma sort. Våra själar var stämda i samklang.

Förtrollningen bröts abrupt när vakter, djurskötare och föräldrar kom springande, skrikande emot oss och skrämde vargen på flykten. Jag har aldrig sett vargen någonsin närma sig eller ta någon som helst kontakt med besökarna, sa en av djurskötarna. Ingen av oss kan ens närma sig vargarna utan att de gör utfall mot oss. Du är en vargvis-kare, sa dom. En dag kommer du bli en av oss.

Det skulle dock visa sig att djurskötarens förutsägelse kom på skam. Mitt kall var ett annat. Allteftersom jag blev äldre stod det klarare och klarare att det var viltbiolog med vargar som specialitet jag ville bli. För jag ville forska och till slut leva med vargar.

Så blev det också. Jag kom in på universitetet och tog kandidat- och magisterexamen. Jag ansökte om forskningsanslag för att forska kring vargars liv under fem år i fält. Det färdiga resultatet av min forskning ämnade jag presentera i en doktorsavhandling. Jag hyrde en mindre timmerstocksstuga i centrum av landets största vargrevir och började min forskning.

Jag rotade i vargarnas avföring och studerade och kategoriserade hårförekomst samt ben- och matinnehåll. Jag följde en vargflocks spår, fann dem och följde dem på nära håll dag ut och dag in. Jag höll mig nära och de accepterade min närvaro. Jag fotograferade och filmade deras liv under flera år och kom dem närmare än någon tidigare forskare eller filmare förmått. Närbilderna och fotosekvenserna var smått sensationella. Fotona resulterade i en illustrerad fotobok som vann stort erkännande och dokumentärfilmen gjorde mig världsberömd. Doktorsavhandlingen godkändes med acklamation och jag kunde nu kalla mig vargdoktor.

Med formalia avklarat och med pengar på kontot kunde jag nu ta farväl av den civiliserade världen och ägna mig åt att bli en accepterad del av en vargflock. Jag var färdig med forskningen som haft som syfte att dels finansiera mitt liv med vargarna och dels att skaffa mig så mycket kunskap om vargars liv och beteenden att jag kunde bete mig som en varg i varje uppkommande situation.

Jag närmade mig på nytt den vargflock jag tidigare följt. När jag kommit lika nära som tidigare gick jag ner på knä och kröp underdånigt fram till ledaren för flocken som var en ljusgrå hona. Honan betraktade mig lika ingående som honan i djurparken och då jag lade mig på rygg och blottade bröstet kom hon morrande fram och satte först käken över min strupe och slickade mig därefter i ansiktet upprepade gånger. Det var tecknen. Honan och därvid flocken hade så accepterat mig som medlem.

Jag hade nått mitt främsta mål. Jag hade blivit varg. Redan samma natt jagade vi i flock och jag åt mitt första bytes råa kött efter honan och de vuxna hannarna, men före barnen. Det skulle visa sig vara även mitt sista byte då vi redan samma natt fick hela berget över oss. En enorm jordbävning drabbade oss och slet loss stenar och bitar av berget som rullade och rasade ner över oss där vi sov. När jag vaknat död och grävt mig ut i friheten satte jag kurs mot den närmaste staden där jag anslöt mig till er. Resten är historia. De levande dödas historia som ni känner lika väl som jag. Jag vill avsluta min berättelse om mitt liv med att läsa upp en dikt för er som jag satte ihop medan jag levde med vargarna.

Varg till Jägarna: Människorna är det onda! Vi är det vilda!

Jag är Varg. Jag dödar för mat, hunger, för flockens överlevnad och för att hålla svälten från dörren. Jag regerar över slätter, skog och vildmark. Jag tar björn, älg, hjort, rådjur, vildsvin och något får. Vi jagar i flock och vi kan följa bytet närmast för alltid när vi fått vittring. När vi tröttat ut viltet låser jag mina käftar runt halsen och hänger fast. Då är viltet dött, fast det vet det inte ännu.

Jag reglerar naturen. Håller nere viltstammarna. När det finns mycket vilt så föds fler vargar, så upprätthåller naturen balansen om den får arbeta i fred. När viltet minskar dör vi undan igen, föder fram mindre kullar. Människorna förstår inte det. De vill jaga varg för hat, för ära och trofé. Men då kan vi inte reglera naturen och då blir det trafikolyckor och skador på träd, mark och natur. Vi är naturens renhållare och måste få växa utan att människan lägger sig i.

Vi känner vittring av människan på långa avstånd. Vi skyr dem och går undan. Varför skulle vi inte? Vi dödar inte människor. Vi äter inte människokött. De är inget byte. Vi äter inte heller jakthundar. De är heller inget byte. Men när människor sänder ut jakthundar emot oss tvingas vi ta bort dem då de försöker ställa och hålla oss tills jägarna kommer och tar våra liv. Hundar är ingen match för oss. Det tama kan aldrig rå på det vilda. Vi greppar dem om halsen och kastar i väg dem eller krossar deras struphuvud med våra käftar. Vi försvarar oss och dödar för att komma undan med våra liv.

Människan är ond. Dödar för dödandets skull, för nöjes skull och för att de kan. Människan lider av xenofobi, rädslan för det okända. Är det inte vargar är det invandrare, färgade människor eller personer med andra religioner, sexuella läggningar eller livsstilar m.m. Så gör aldrig vi. Vi hatar aldrig och vi dödar endast för flocken, hunger och mat.

Vi är vilda men vi är inte odjur. Människan är det enda djur som dödar för hat och nöjes skull. Människan är det onda. Vi är det vilda. Det är skillnad.

Hypokondrikern

När jag var liten var jag väldigt rädd för elaka gubbar under sängen och monster i garderoben. Skuggorna i sovrummet skrämde mig närmast från vettet under flera år. När min mamma fick bröstcancer förbyttes skräcken ifrån att ha varit rädd för onda kroppar i rummet till mer abstrakta sjukdomsfasor. Jag fruktade att jag själv fått cancer. Jag inbillade mig att min mage värkte så jag grät. Armarna var förlamade. Benen gav vika och jag suggererade fram fasorna och spelade upp dem så verkligt för mig själv att jag blev vettskrämd och än mer benägen till hypokondri. Ett ord och begrepp jag i den åldern inte ens visste existerade.

Min uppväxt tillbringade jag oftast hemma. Livrädd för att gå ut där vad som helst kunde hända. Farsoter och sjukdomar lurade ständigt på mig utomhus. Allt bottnade i en närmast gränslös dödsångest. Jag blev intagen på psykiatrisk klinik som försökte behandla mig med lugnande medel, vilka inte hjälpte. Kalla vattenbad, som hade än sämre effekt. Elchocker som gav mig kramp i hela kroppen men inte botade min skräck att dö.

Till slut gav läkarna upp och skrev ut mig och skickade hem mig. Mamma och pappa skaffade mig hemundervisning. Läxläsning höll mig i schack så länge jag var upptagen och förmådde koncentrera mig men sen bröt hela helvetet löst igen med skräck, ångest och krampanfall. Inbillade sjukdomar är verkliga sjukdomar för den drabbade. Tro aldrig något annat.

Jag gick på behandling hos en psykiater som jag hade förtroende för och som jag berättade allt för. Han var en god lyssnare men kunde inte råda bot på min inbillningssjuka vilket jag då inte insåg att jag led av. Han testade min intelligens och det visade sig att jag uppnådde 132.

Mycket klart över medel. Speciellt höga siffror uppnådde jag i avsnittet som handlade om problemlösning. Jag var inte dum, bara sjuk. När jag kom upp i åldern där ungdomar började gymnasiet anmälde jag mig till en brevkurs inom kontorsutbildning som jag kunde tenta av på en gymnasieskola i närheten. Jag var snabb och effektiv när det kom till maskinskrivning och klarade galant av kursens olika delmoment.

Jag fick arbete efter min examen på en tidning där jag blev lite allt-i-allo. Jag skrev ut dokument, kopierade och fixade med utgående och ingående post så breven kom på lådan samt öppnade brev och lämnade dem till berörd person. Efter ett tag började jag komma med förslag på effektivitetshöjande åtgärder, förbättrade rutiner samt nya idéer kring verksamheten.

Det underliga var att jag under hela arbetstiden på företaget inte hade vare sig några inbillade sjukdomar, symptom på sjukdomar eller dödsångest under arbetstiden. Höll jag bara hjärnan sysselsatt så försvann sjukdomen under tiden. När jag kom hem och inte lyckades hålla tankarna kvar, överfölls jag direkt av sjukdomssymptom och dödsångest.

En dag kom det in en man som ville prata om ett arbete på en ny tidning han skulle starta. Då jag fått avsked samma dag på grund av företagets dåliga ekonomi så tackade jag ja. Strax efter rasade huset och världen ihop och jag vaknade död. När jag befriat mig från rasmassorna så träffade jag på er grupp och min blivande man, Vargbiologen.

Par 10

Hotellreceptionisten

Jag blev aldrig något stort som jag benhårt hade trott genom hela min uppväxt. Jag blev vare sig rik eller berömd trots att jag lagt mig till med såväl gångstil och manér som de rika och berömda brukade föra sig med. Idag blir ju förvisso en hel rad människor både stora och berömda utan att egentligen presterat någonting såsom influensers, dokusåpakändisar, youtuber, bloggare, podcastare m.fl. Media förstorar upp det lilla de gjort och förvandlade det uppenbart obefintliga till något stort och värdefullt. I en värld som inte längre värdesätter hårt arbete eller träning utan istället går på simpel medverkan i diverse sammanhang blir de talanglösas flämtande ljus uppblåsta till stjärnor. Det viktigaste är att synas ofta och i rätt uppmärksammat sammanhang. Att skriva om kända märkesvaror eller skönhetsartiklar och ta en selfie bredvid produkterna samt länka till inköpssidor är allt som behövs. Världen är verkligen på väg utför i reafart.

Nåväl, själv kom jag aldrig längre än till att bli hotellreceptionist men jag beslöt att göra det bästa av situationen. Fake it til you make it. Jag uppträdde som vore jag viktig och därför ödmjukt skulle respekteras och tillbes. Jag tänkte att genom att uppföra mig så, blev det så till slut. Ack, vad jag bedrog mig.

Jag överlämnar ett nyckelkort och kollar med en viktig och överlägsen min att bokningen finns i datorn. Aldrig för snabbt, utan för att ge tid att växa mig viktig och få gästerna att bli osäkra, så tar jag just så lång tid på mig att oron börjar stegras hos gästerna att bokningen inte inkommit och registrerats. Att dra ut på tiden för att verka viktig gjorde ju dock aldrig mitt arbete viktigare. Jag var likväl blott en man som gjorde ett jobb som i princip tog cirka 15 sekunder per gäst då 99 % bokade sina rum via nätet och bara skulle checka in på plats.

Jag var som en tupp som så högdraget stroppar runt att han inte ens ser kamraterna i hönshuset. Klädd i herremanskläder och utförande det kanske mest oviktiga jobbet på hotellet. För ledningen var jag blott en vanlig simpel anställd oavsett klädsel och manér. För övriga personalen var jag en driftkucku och de skrattade rått och gott åt mina fåniga manér bakom min rygg. Ett hån jag i och för sig hade förtjänat genom att tro mig förmer än de andra, med lika låg status på sina arbeten.

Jag var dessutom till min stora förtret försedd med ett särdeles litet organ i slakt tillstånd. Personalen som hittat nakenbilder på mig via min hustrus campingsida drog dock parallellen med stort ego och liten pitt, utan att egentligen ha fel.

Det värsta var att jag innerst inne var medveten om alla mina ovanstående brister men förnekade dem för att kunna fortsätta leka tupp i hönsgården. En löjlig liten tupp med maniskt bakfotssprätt. Jag behövde dock tuppen att gömma mig bakom. Jag kunde ju inte göra succé genom att vara den jag är. Jag var tvungen att upprätthålla mitt sken som en framgångsrik herre och gömma mig bakom förnekelsen att jag inte blivit mer än en nolla, som många andra på arbetet. Den riktiga bilden av mig själv skulle jag aldrig orkat leva med då det inneburit ett direkt erkännande att jag totalt misslyckats i livet.

Nudisten

Jag älskade allt med att vara naken. När jag var liten hade mina föräldrar fullt sjå med att se till att jag behöll kläderna på då nakenhet gav fel bild av dom som föräldrar, i många olika situationer. Med högre ålder förstod jag till slut att samhället, läs människorna, var väldigt fördömande mot de som gick omkring nakna i vardagen, i skolan eller på arbetet. Så jag skötte mig och spelade anständig i alla situationer där jag behövde ha kläder på. Men så fort jag kom hem från skolan eller arbetet så åkte kläderna av och jag njöt av att känna luften smekande omväva mig, gärna med värme. Jag hade värmefläkt på rummet. Jag älskade att basta naken utan den minsta lilla tygbit täckande min kropp. Jag älskade att sola solarium. Jag älskade att bada i badkaret. Jag kunde ligga timmar och sola mig naken och låta vinden leka över min kropp. Jag älskade allt jag kunde göra naken. Jag levde ett nakenliv, dock bara på deltid, under min fritid.

Så snart jag gått ut gymnasiet så lånade jag pengar och la ihop dem med alla sparpengar jag fått ihop under min uppväxt. Mamma och Pappa sköt till en slant och vips var jag för en hyfsad peng ägare till en nedsliten camping som ingen velat köpa. Jag gick med i naturistföreningen och annonserade gratis i deras tidning samt deras webbplats för min nudistcamping. Inne på området tolererades inga kläder om det inte ösregnade, då regnrock var tillåten. Jag jobbade dygnet runt med att rusta upp campingen. Jag fick företag att sponsra med alla former av byggmaterial mot att de fick ha reklam på campingen för sina företag med undertext "Vi bygger Nudistcampingen". Campingen gick bra redan från start. Mycket beroende på den fantastiska miljön. En ensligt belägen plats i en skog, invid en naturlig sjö. En del tältade, andra kom med husvagn och husbil. En del betalade ställplats på årsbasis och kunde då köra in sina vagnar och bilar i en tillhörande hangarbyggnad över vintern.

Redan första året träffade jag min blivande man som bodde i en husvagn på campingen. Första gången jag träffade honom ansåg jag att han var dryg och stroppig. Men efter att han kommit över en kväll när kiosken var stängd och jag naken satt och njöt av den nedåtgående solen så ändrades min inställning. Han berättade sitt livs historia och jag förstod att hans offentliga uppträdande var hans sätt att överleva. Tillsammans med mig var han en annan. Han var uppmärksam, förtjusande, spirituell och faktiskt sexig trots att hans organ såg väl litet ut i slakt tillstånd. Redan samma natt visade han sig dock ha en kraftigt expanderande kuk så att den vid stånd till och med var lite längre än normalstora organ.

Vi slog våra påsar ihop och flyttade in i en vinterbonad stuga på campingen och bodde där året runt. Från oktober till 1 mars var vi helt ensamma på området. 5 himmelska månader där vi rustade upp och älskade när mannen inte var på arbetet på hotellet.

Efter tre år fick jag ett bud på campingen av en kedja som ville ha en upparbetad nudistcamping som komplement till alla de övriga campingplatserna de ägde. Jag och min man pratade noga igenom anbudet tillsammans. Budet var generöst men efter att ha varit inne på företagets hemsida och upptäckt att de också hyrde ut enskilda hus över landet så la vi ett motbud. För vi hade blivit djupt förälskad i en stuga som köparna ägde och som låg tvärsöver sjön från campingen. En isolerad dröm i skogsmiljö med sjötomt och skog på alla sidor. Utöver vad vi erbjudits ville vi ha stugan på 120 kvm. Företagets representanter kliade sig i huvudet och bad oss gå ut en kvart så de kunde diskutera. Huset visade sig ha ingått i ett konkursbo som de tidigare köpt innehållande just huset samt två kursade campingar. Då de knappt betalat något för huset så gick de med på dealen och vi gick därifrån med ett antal miljoner samt vårt drömhus.

Vi kunde ju dock inte bara sitta på våra otäckta ändor. Vi behövde en uppgift, något att göra under dagarna. Vi bollade idéer och kom fram till att starta en sajt med information om platser där man kunde ha säkert sex utomhus. Jag hade i min ungdom varit ihop med en enstörig hacker och programmerare så vi sökte tillsammans upp honom för ett uppdrag. Bygg en militärt krypterad hemsida för uppladdning av videos med gps angivelser och med sökfunktion på orter med länsvis sortering. Kan du göra det för oss? Ja, självklart kan jag det. Jag vill ha en halv miljon för arbetet och då blir sidan helt omöjlig att hacka och jag tar även på mig ansvaret för all skötsel, uppdatering, uppgradering av hemsidan samt lägger den på min privata server. Ok? It´s a deal, sa vi.

Så numer åker vi omkring och älskar på olika avskilda ställen där man inte riskerar att bli störda och lägger upp ett tio- till 30 sekunders klipp som visar oss nakna, älskande på en plats där gps-uppgifterna framgår så att alla kan ta sig dit som vill. Att gå med på sidan kostar 5000 kr/par som livstidsavgift och då kan de också gratis ladda upp sina egna nakna sexvideos med gps-uppgifter samt ta del av andras videos med uppgifter. Sidan har blivit en stor succé och många medlemmar tillkommer varje år. Allt fler från utlandet har också uppmärksammat sidan och deltar med liv och lust. Framförallt lust. Det skall påpekas att alla användare som laddar upp videor bär masker vid inspelningarna för att inte kunna identifieras.

Par 11

Bankdirektören

Mitt liv var redan från början utstakat tills jag fyllde 30 år och tillträdde som VD för den familjeägda banken. Planen inbegrep uppgifter om dagis, förskolor, grundskola, gymnasieskola, Handelshögskolan och sen praktik i banken tills jag fyllde 30, då jag skulle ta över som verkställande direktör. Att familjen innehade 51 % av aktierna innebar att jag via fullmakter från övriga släkten styrde allt. Den äldste i släkten innehade posten som styrelseordförande vilket ytterligare befäste min makt och garanterade att ingen konflikt kunde uppstå om styret, så länge jag behöll aktierna. Att sälja aktier var det enda beslut jag inte egenmäktigt kunde genomföra. Vid försäljning av aktier röstade alla med sina egna röster och då gällde inte familjefullmakten. Så var planen för mitt liv uppbyggd och jag fullföljde varje steg inom tidsramen då jag verkligen önskade ta över makten i familjebanken.

Jag var tillräckligt duktig för att gå ut som nummer tre i min årskull på Handelshögskolan så jag visste vad jag gjorde och var inte bara en favoriserad rik odugling. Mina betyg hade alltid varit högklassiga och mitt IQ en bra bit över medel.

Min fria tid under skolåren hade varit väldigt begränsad och så mycket liv hade jag inte haft. Lite skolfester på alla nivåer och några dejter med passande tjejer på min nivå. Jag var inte oskuld. Det hade jag klarat av på gymnasiet och i övrigt hade jag haft några korta förhållanden fram till min 30-årsdag.

Med positionen som VD följde ägande och tillgång till en exklusiv Rolls Royce samt en limousine med privatchaufför. Därutöver en stor villa på Djursholm. Villan och bilarna var symboler som möjliggjorde att jag kunde regera med stil, makt och värdighet som det anstår en VD för ett stort företag. Jag hade från en dag till en annan gått ifrån att vara en anställd till att vara chef över landets mäktigaste och rikaste bank. Jag var klart förnöjd med mitt leverne och mitt arbete. De bitarna var hemma redan vid 30 år och jag var beredd att ta nästa och det sista steget.

Jag började se mig om efter ett lämpligt parti och bjöds på släktkalas och presenterades för lämpliga kandidater. En man med pengar bör gifta ihop sig med en kvinna av börd var mottot för släkten. På så sätt lade sig ett skikt av börd över våra penningar. En jämnårig adlig kvinna i 30-årsåldern föll mig på läppen. Hon var attraktiv och skulle gifta sig väl med mina pengar och i gengäld skänka mig börd. Vi överenskom om giftermål och sammanvigdes vid en liten, privat tillställning med sexhundra gäster. På bröllopsnatten blev jag glatt överraskad. I relativt formlösa men vackra klänningar hade hon förefallit mig attraktiv men när hon fällde kläderna och kröp naken upp i vår säng blev jag bokstavligen tagen på sängen. Hon var häpnadsväckande vacker naken med en underbart kurvig figur. Den kyliga attityd hon framvisat före giftermålet var som bortblåst. I sängen var hon verkligen inte sval. I sängen var hon en het vildinna, ett sant rovdjur. Vi älskade hetsigt och hungrigt hela natten. Och fortsatte så livet ut.

Min hustru var också smart, illistig och följsam i äktenskapet såväl som i mitt arbete. Hon bidrog med många goda idéer som gjorde min ställning på jobbet stabilare och framgångsrikare. Hon var en fantastisk värdinna och arrangerade alla möten och middagar med bravur. Hon besatt nedärvd klass. Kort sagt var det ett i mitt tycke väldigt väl valt äktenskap. Jag var lycklig och älskade min hustru vilket jag aldrig räknat med. Jag hade fått en livspartner som inspirerade och bidrog starkt med sin höga intelligens till att min karriär nådde oanade höjder.

Lyxhustrun

Jag föddes in i adeln. Familjen var av urgammal grevlig ätt. Jag var därför en kvinna med börd men utan rikedom och pengar. Min uppgift i livet var att gifta mig rikt och föda en arvinge. Det var målet. Men för att komma dithän måste jag lära mig stil, elegans samt etikett. Med andra ord klass! Hade jag dessutom begåvats med förnuft och vett så var det desto bättre för mig själv om än inte alls nödvändigt för en kvinna som var född med börd.

Jag fostrades väl av framförallt min mor som lärde mig allt hon fått lära om hur man förde och rörde sig i societeten. Hon lärde mig skilja på krafs och genuin elegans och stil. Jag fick gå på balett och dansskolor. Jag fick lära mig allt vad som krävdes som värdinna och hustru. Hur man arrangerade luncher, middagar och vickningar. Vilka viner som skulle serveras till vilka rätter samt att dekantera ett vin i exakt tid. Hon lärde mig alla regler som avsåg sed och etikett. Ja, hon lärde mig hur jag skulle föra och röra mig smidigt och hemtamt inom såväl societetsvärlden som inom finanskretsar.

Därutöver, som överkurs för att jag inte bara skulle bli en dum gås, lärde hon mig att läsa. Inte alfabetet som var en inlärningsprocess för skolan utan att läsa böcker som gjorde mig intelligent och tänkande. Hon ville inte jag skulle hamna i tantsnuskträsket eller deckarsmörjan. Ej heller fastna i feelgoodböcker som hon bara ansåg som snömos för medelklassen. Nej, hon lärde mig för livet. Att öppna ögonen för verkligheten och hämta material ur litteraturen till ett djupare och större liv. Hon visade mig viktiga författare samt böcker jag borde läsa för att få en bredare bild av nuet och det förgångna. Inte bara matas med tillrättalagd information från skola och samhälle. Jag skulle läsa om rasism, grova övergrepp, nazism samt olika former av förtryck. Jag skulle läsa svåra böcker som var krävande men skänkte intelligens som Kafka, Dostojevskij, Nietzsche m.fl. Jag skulle heller inte sky Henry Miller, Erica Jong eller Charles Bukowski utan även läsa de vågade sexuella skildringarna. Bli inte en förtorkad nucka. Lär dig att njuta av sex och att älska. Det berikar ditt liv och din mans.

Hon lärde mig att det var bra om jag skaffade en arvinge som kunde föra vårt namn vidare men om jag absolut inte ville ha barn, så strunta i det. Det är ditt liv och ingen annans och min personliga lycka var långt viktigare. Hon lärde mig därför om mens, ägglossning och hur jag undvek att bli med barn. Så kort sagt gav hon mig väg och nycklar till ett fullt liv. Hon gav mig den livskunskap som jag aldrig skulle kunna erhållit i skolan. Hon var en väldigt vis och god mamma.

Hon sa: När pengar gifter sig med börd uppstår efter en tid torrmögel samt sidodrift som ett resultat av en parts vårdande av sitt torrmögel. Med sidodrift menade hon att partnern går till en annan för att få det hustrun inte vill ge honom.

Äktenskap mellan pengar och börd har ju dock aldrig varit ämnade att skapa lycka i sig. Endast undantagsvis, i några promille av fallen, uppstår någonting annat som en lycklig tilldragelse. Parterna dras till varandra, attraktion och livslång passion uppstår och består genom livet. Och hon ville att det skulle vara målet för mitt äktenskap. Vårt äktenskap inleddes passionerat och undan för undan började vi älska varandra djupt.

Min man ville jag skulle skämma bort mig själv och närmast tvingade mig ut på shoppingrundor. Jag köpte mig en rad vackra och dyra klänningar, utsökta och dyra smycken, skor, pälsar och jackor, väskor och hattar. Men en dag tog det slut. Jag satte stopp och vägrade låta exklusiva varor definiera mitt liv och min tid. Det här var inte jag. Jag var bättre än så och hade betydligt mer att erbjuda.

Jag sa till min man: Nu har jag köpt saker för resten av mitt liv. Nu vill jag satsa på mitt intellekt och börja läsa systematiskt på min fritid när du är på arbetet. OK? Du är verkligen inte den jag trodde när vi bestämde att gifta oss, sa min man. Du är så mycket mer och värdefullare. Gör det dig lycklig, så gör det. Jag stödjer dig i allt du vill. Så jag utbildade mig själv till att bli en människa, en hjärna, en kvinna och min mans älskarinna. Jag trivdes att göra mitt eget och samtidigt sköta om min del i äktenskapet. Jag njöt av att fungera som värdinna i hemmet, som medföljande partner på fester och arrangemang, vara en fullvärdig diskussionsparter i affärer och en het vildinna i sängen.

Par 12

Influensern

Jag är en influenser. Jag har inte mycket till hjärna men det står jag för. Hjärna är inget man behöver i dagens samhälle för att slå sig fram, bli känd och rik. Att vara en bimbo är idag istället ett sorts erkännande, ett varumärke och inget nedvärderande. Det är vi som har följare. Det är vi som fläckar sidorna i kändispressen. Visar vi könet beröms vi för det. Visar vi korkade produkter tjänar vi storkovan. Det är inget jag skäms över. Närmare bestämt tror jag inte det finns något jag skäms över.

För varje företag jag gjorde reklam för erhöll jag betalning. I reda pengar och genom att behålla de exklusiva produkterna. Jag skrev ut företagsnamnet och hänvisade till företaget samt produkten ifråga med länkar. Beroende på hur påhittig jag kunde vara kunde jag tjäna en årslön per dag.

Exempelvis skulle jag en dag spela in tre olika videos där en influenserväninna med annan inriktning filmade mig. Vi bytte tjänster och filmade varandra och hade därmed aldrig några problem med att behöva anlita utomstående. Först skulle jag intimrakas och göra reklam för firman som utförde tjänsten. Jag gjorde samtidigt reklam även för rakapparaten som användes och eftersalvan jag smordes in med efter rakningen. Tre olika reklamobjekt i ett. Företaget som utförde intimrakningen. Företaget som levererade rakapparaten samt företaget som levererade salvan.

I andra scenen skulle jag erhålla yonimassage. Helt naken erhöll jag massage som avslutades med clitorismassage. Jag gjorde här reklam för massagefirman. Som avslutning på dagen hade jag fått tre olika dildos samt tre olika former av womanizers. Jag provade naken alla dessa hjälpmedel och gav dem betyg. Här gjorde jag reklam för sex olika sexhjälpmedel och de sex olika glidmedel jag använde vid utförandet. Sammanlagt således 12 objekt så dagen slutade med betalning för 3+1+12=16 olika betalningar. En mycket bra dag även om jag sällan utsatte mig just för den här typen av nakenexponering. Det var bara ett exempel på hur mycket jag kunde dra in på en enda dag om jag maxade mitt arbete. Varje reklam kostade 10 000 kronor då jag hade massor med följare.160 000 kronor på en dag. Inte dåligt för en vanlig korkad flicka.

Grunden i verksamheten är dock mina shoppingdagar. Då går jag runt och shoppar produkter på stan och visar sedan upp mig framför kameran i vart och ett klädesplagg, väskor, skor m.m. medan jag talar om var varje artikel säljs och länkar till firmorna och produkterna. Jag brukar välja 5-6 produkter av en kategori där jag förevisar produkten och länkar till produkterna och företagen. 50-60 000 kronor för en sådan dag. Dock ska man komma ihåg att det krävs en hel del bearbetning och redigering med text, länkar, bilder och videos innan materialet kan göras tillgängligt på hemsidan.

Jag erhåller gratis produkterna jag gör reklam för. Efter publicerandet av reklammaterialet kan jag fritt välja mellan att behålla produkterna eller sälja dem.

En annan huvudgrupp jag gjorde reklam för var olika skönhetsprodukter. Gången var densamma. Jag erhöll gratis produkter och via videos där jag använder produkten och talar om vilka fantastiska egenskaper produkten besitter, länkar jag vidare till inköpsställena. En normalvecka klarar jag av två uppdrag med 5-6 produkter samt efterarbetet med videos och texter.

Efterhand som antalet följare ökade erbjöds jag även andra sorters produkter att göra reklam för. Större enstaka objekt som lyxbåtar, exklusiva bilar, hotell och hotellrum, restauranger, smycken i högre prisklasser m.m. Dessa produkter fick jag ej behålla men arvodet var desto högre för de dyrare produkterna, vilket var viktigare.

Jag var en vanlig flicka från arbetar- och lägre medelklass. Jag gick aldrig ut mer än gymnasiet men jag hade med mig mig goda svenskkunskaper och en kompis som lärde mig göra hemsidor med wordpressmallar och gratis teman. Det enda jag behövde göra därutöver var att skaffa en domänadress och koppla till hemsidan så var allt färdigt och enkelt att hantera och själv uppdatera. Jag skapade en blogg och fick miljoner följare vilket gav mig reklamuppdrag som gjorde mig rik. Jag är stolt över att en flicka från så enkla, men lyckliga förhållanden har lyckats skapa sig en framgångsrik karriär.

Homosexuell man

Jag var en homosexuell kille som växte upp med stryk genom hela skoltiden och få vänner. Jag lärde mig av fotfolket att homosexualitet må vara accepterat i de breda folklagren men helt tydligt inte i de kretsar jag befann mig i. Det fanns många som påstod att de stod upp för de homosexuella men det hindrade inte dem från att kalla mig bögdjävel och slå och sparka på mig. Folk är inte desamma utåt som de är när de står framför en. Framför en kliver de ur sin mask och roll och visar sina vargtänder och rasande hat.

Mina föräldrar var förstående och försvarade mig alltid från påhopp från sina vänner och från släkten. De markerade från början att de älskade sin son och att de försvarade hans rätt att vara sig själv och älska vem han ville. Jag prövade en rad förhållanden med både jämnåriga och äldre män och sexet var bra men jag hittade aldrig någon jag trivdes tillsammans med eller hade gemensamma referenser med. Inte då nödvändigtvis intressen, utan mer mål och syften med livet. Där skiljde det världar mellan mig och mina älskare.

På gymnasiet träffade jag en flicka som gick i samma klass. Vi upplevde båda två samma sak. Det är en sak att ha sex med partners men en helt annan att fördra dem i privatlivet. Jag behövde någon som älskade mig som person. En som var lojal och som man kunde dela vardagen med och få ut något av livet tillsammans med. Att ha en vilja att skapa en familj om den så bara bestod av två personer. Barn ingick inte i mina tankar och heller inte i hennes. Vi ville båda leva våra liv obundna av en tredje person som skulle kräva uppmärksamhet och stå i vägen för våra liv.

Vi blev så goda vänner att vi beslöt oss för att dela en lägenhet och se om vi fungerade tillsammans i vardagen. Det visade sig att det gjorde vi, överraskande bra också. Jag var en duktig fotograf och övertog snart hennes fotografering med olika former av produkter för sin hemsida. Vi tänkte likadant och vi jobbade utmärkt och konfliktfritt dagarna i ändå. Vi började älska varandra som personer om än aldrig som sexualpartners. När vi en gång tog upp ämnet med varandra och pratade ut, jämförde vi alla våra dåliga sexuella erfarenheter. De var närmast identiska och vi var både uttröttade på dejtinglivet och sökte något annat och djupare. Varken hon eller jag hade någonsin varit förälskade. Allt hade handlat om sex för stunden och sen tack och adjö.

Vi var överens om att de enda vi någonsin älskat var varandra. När vi kommit så långt i diskussionen tog vi spontant av oss kläderna och hon ställde upp sig med ryggen mot mig. Jag tog henne bakifrån medan hon smekte sin clitoris och vi kom båda två nästan samtidigt i en mäktig eruption. Vi pustade ut och la oss sedan spontant i sked-ställning. Vi var eniga om att så varmt, skönt och innerligt sex hade vi aldrig haft med någon annan person. Jag tände på henne för att jag älskade henne som person och hon tände på mig av samma orsak. Vi lärde oss att smeka varandras kroppar och ha sex både bakifrån samt i skedställning så fast jag i grunden var homosexuell så fungerade sexlivet för att jag älskade henne som person.

Portalen

En dag kom en väldigt gammal man och knackade på vår dörr. Han sa att han var Portalväktaren och hade något att berätta för oss alla. Jag svarade att då ska vi ta oss till vår *mötesplats* och sammankalla alla olevande. Det kan ta en dag. Ja, det gör inget, sa Portalväktaren. Tid är allt jag har.

Dagen efter hans ankomst var alla beboer samlade. Han presenterade sig och sa att han var Portalväktaren och att han kortfattat skulle berätta vem han var och representerade.

"Jag tillhör ett urgammalt Väktarsällskap som består av sju män. Vi skapades en gång för väldigt längesedan ur själva mörkret och vi är odödliga liksom ni.

Väktarsällskapet har som uppgift att vakta Portalerna och jag är den enda väktaren ni någonsin kommer att träffa. Väktarsällskapet har i alla tider vaktat portalerna tills det skulle komma döda levande hit för att ge er en möjlighet att återvända till den plats där ni tidigare levt.

Det finns en urgammal portal för att förflytta sig till och från de levandes land. Portalen kan inte användas att förflytta sig framåt i tiden eller bakåt. Den har bara ett användningsområde. Att förflytta er till den plats där ni förut har levt. Ni får en möjlighet till avslut med såväl livet som släkt, vänner och bekanta.

Jag ska ta er till Portalen och skicka er tillbaka till det så kallade livet. Under en människotid av ett år kan ni vistas där för att få avslut på ert tidigare liv. Därefter måste var en av er välja mellan att stanna eller att återvända hit. När ni hör min klocka ringa ska ni gå till den plats där ni anlände till de levandes värld. Där väntar Portalen på er. Portalen kommer endast vara öppen under ett dygn varefter portalen stängs för alltid. Det är därefter min uppgift att försegla och förstöra portalen."

När ni kommer fram är det samma dag som ni reste härifrån och väljer ni att återvända hit är det fortfarande samma dag som ni reste. Tiden går ju inte i 26Riket. Tiden existerar inte här.

Vi erfor ganska snabbt när vi återvände till de levandes land att vi döda levande och de levande under årens gång hade utvecklat ett starkt främlingskap emellan varandra. Vi hade rent själsligt utvecklats åt diametralt olika håll och stod numer väldigt långt ifrån varandra i livs- och dödssyn såväl som i vad vi värderade. Vi hade helt enkelt ingenting att säga varandra och blandade oss illa. Det var som vi kom ifrån olika tidsperioder och verkligheter utan några som helst plattformar, beröringspunkter eller intressegemenskaper där vi kunde mötas. Det var mil efter mil emellan oss.

Döden hade drastiskt förändrat vår bild av de levandes verklighet. Vi såg att det överallt förekom dessa människor som inte längre tyngdes av tankar och som inte längre använde sina hjärnor. De levde enbart igenom sina mobiler. Folkkontrollen hade på kort tid förvandlat dem till zombier.

De bar sitt eget fängelse med sig i sin hand och valde själva bojan varje dag. Det var ett frivilligt val. Ingen kunde tvinga dem och ingen behövde tvinga dem. De var inte dömda till fängelsestraff. De hade inte ens begått några brott. Likväl sökte de själva fängelset och trädde in i en osynlig cell och låste dörren bakom sig. De valde ofriheten och dödade självmant sina tankar och sin egen tankeförmåga.

Ty så hade folk fördummats, förslöats och försoffats till den grad att de vare sig förstod eller längre förmådde förstå. Skulle de denna dag bli beordrade av någon liten pappersnisse att gå och ta livet av sig skulle de endast efterfråga vilket som idag är det ledande och mest trendriktiga sättet att utföra den begärda handlingen på!

Från dessa, de hjärndöda skiljde vi oss numera drastiskt. Vi hade blivit rehabiliterade och börjat tänka på ett annat sätt. Inget dött som inte för något gott med sig, som ingen någonsin sa. Det faktumet att vi inte använde mobiler skiljde dock ut oss direkt ut från de levande och satte strålkastarna på oss. Det skapade den första misstanken om att vi var främmande och någonting annat än de levande.

Nästa misstanke uppstod på grund av att vi hade en betydligt blekare hudfärg som de levande ryggade tillbaka för. Det fanns givetvis inte ens i deras fantasi att vi var döda. Det var ju inte möjligt att mötas öga mot öga med en död, utefter deras vetskap.

De var inte direkt ovänliga i början. De höll sig bara på sin kant och såg tysta på oss. Det skulle dock ändras efterhand. För efter en tid började rykten sprida sig om att vår typ av varelser inte kunde lämna något blod vid blodprov, att inte minsta uns blod ens kunde pressas ut ur våra kroppar. Då blev de förfärade och skräckslagna. När det vidare kom fram att vi inte heller kunde uppvisa några hjärtslag vid EKG, att vi var så kallade flatliners, blev de direkt aggressiva och började frukta och hata oss såsom människor har för vana att göra med allt som är främmande. Ingenting vi inte kände till. Det hade bara aldrig drabbat oss förut. Ryktena uppkom olyckligtvis på grund av att en av oss blev slagen medvetslös vid ett krogbråk och körd till sjukhus med ambulans. När läkaren beordrade blodprov och inget blod kunde tappas så följde fler undersökningar innan den misshandlade vaknade till och snabbast möjligt lämnade sjukhuset.

Så sökte vi skyndsamt upp de vänner och anhöriga vi hade lämnat kvar utan avsked. Många av dem hade sörjt länge och undrat förgäves var vi blivit av. Vi var dock väldigt tystlåtna. Vi hade inget att samtala kring längre. Våra verkligheter var alltför väsensskilda och vi kunde inte berätta den oförfalskade sanningen för dem.

Vi gav dem dock och fick också själva en sorts avslut och vi sade dem allt vad som inte kunde ha sagts före vår ögonblickliga död. Våra vänner och anhöriga mottog dock våra ord med fasa. De hörde oss visst men deras avsky inför våra väsen kunde inte styras. De ville inte veta av oss längre och den sorg och saknad de tidigare känt försvann på ett ögonblick och deras tidigare bild av oss som deras älskade raserades för alltid.

Vår odödlighet skrämde och vi jagades som fredlösa, för döda har inga fri- eller rättigheter. Ingen ville veta av en död levande person. Hat slår fri- och rättigheter och suddar ut dem som om de aldrig funnits. Urmänniskan i varje individ vaknar och reptilhjärnans blinda hat och önskan att döda tar över de levande.

Hatet mot vad vi blivit överskuggade all deras sorg och saknad. Ju längre vi stannade ju mer kände vi att det förelåg en allt större risk att vi skulle tvångsplaceras i läger. Spärras in för att undvika onödig oro och obehag samt för att bevara tryggheten och sinneslugnet för de så kallade normala.

Denna vår rädsla för inspärrning byggde på att militärerna såg på oss med alltmer lystna, giriga blickar. Vi förstod de såg oss som ämnen till supersoldater. Vi behövde vare sig mat eller vatten. Vi kunde inte dö. Vi kunde ju ej drabbas av hjärtattacker, svåra blodförluster eller ens dödsfall. Oavsett skador så räckte några dagars återhämtning så var vi färdiga för krigstjänst igen. Vi var en våt dröm för militären.

Så militären ville spärra in oss så de i lugn och ro kunde utföra tester, ta prover samt dissekera ett antal av oss för att se om de kunde utvinna kunskap från våra kroppar för att kunna producera odödliga soldater och därigenom förändra styrkeförhållandet mellan stormakterna.

Vi flydde och gömde oss i en källarlokal. När klockan äntligen ringde störtade vi mot platsen och trängde igenom portalen med stor lättnad. Vi fattade alla samma beslut att lämna de levandes område och återvända till 26Riket. Vi beslöt att stänga portalen och spränga bort alla återgångsmöjligheter.

Dock bad vi portalväktaren om några veckors respit med förstörandet av portalen för att hinna tömma den raserade staden på allt vi kunde ha nytta av framöver. För efter sprängningen kunde vi aldrig fylla på några förråd mer.

Portalväktaren gav oss tre veckor att tömma den raserade staden på de saker vi behövde. Vi höll ett snabbt möte och beslutade att vi skulle prioritera mat, verktyg, symaterial, tyg, pappersartiklar, stearinljus (även ljusmassa, stearin, bivax och paraffin för framställning av ljus) och böcker. När vi kommit så långt, delade vi upp oss i tre grupper där varje grupp hade egenansvar för sina produkter. Därefter satte vi igång och jobbade dag och natt tills tiden gått ut. Biblioteket var tömt på böcker. Konservburkar och torrmat hade vi för alltid. Vin, sprit, öl, medicinska artiklar, reparationskit för vagnar och cyklar, verktyg och pappersartiklar av alla slag hade vi också att räcka för hela evigheten.

På den 22:a dagen kom Portalväktaren tillbaka för att förstöra portalen. Han placerade sprängmedel i ett märkligt och för oss obekant mönster runt porten. Han kopplade ihop sprängmedlen och drog en stubintråd från det första till det sista apterade sprängmedlet och vidare en bit bort ifrån själva portalen. Han bad oss alla ställa sig bakom honom och tände på stubintråden. Efter någon minut nådde glöden det första apterade sprängmedlet och allt sprängdes i luften. Det märkliga var att inte en enda del kunde återfinnas av portalen efter sprängningen. Portväktaren förklarade för oss att Portalen hörde en annan tid till och försvann tillbaka till den tiden. Inget återstod nu och ingen väg fanns någonsin tillbaka till vare sig till den raserade staden eller till den andra parallella dimensionen där våra vänner och släktingar vistades. Allt var här och nu och inget annat. 26Riket var allt som existerade från och med nu. I vår värld är vi nu hela den samlade mänskligheten.

Återkomsten

Vad lärde vi då oss av denna vistelse under ett år i de levandes land och hur går vi härifrån vidare? Dessa frågor sysslade våra tankar framöver.

Vi vann nya perspektiv på hur det är att leva död. Vi grubblar inte längre över livet och om vi kunde gjort något mer eller annorlunda. Det kapitlet var avslutat, över och förbi. Vi tänker inte mer på fjärrtid vare sig dåtid eller framtid. Vi existerar inte där. Allt som finns är här och nu. Vi lever vidare i en annan form. Förvisso döda, men vi har fullt ut accepterat att vi är döda och gör det mesta och bästa av vår död. Vi definierar oss som döda och lever därför mer och större än någonsin. Ja, vi bebor och existerar till och med i våra lik. Vi är de första människorna som bokstavligen lever i sina lik. Brukar våra döda kroppar. Vi tog dem oblygt i besittning och ger dem nya ändamål.

I döden finns inga mål, ingen mening i sig. Döden är bara vad den är. Döden låtsas aldrig och spelar inga spel. Den är bara död. Vi gör vad vi vill, när vi vill. Vill vi inte en dag kan vi vänta med att göra en sak till en annan dag, när vi verkligen vill ta tag i det. Det händer ju ingenting för att vi uppskjuter det. Vi kan ju inte rätt gärna dö av det, eller hur? Det existerar inte längre några krav och när inga krav föreligger så gör vi saker för egen del. Och att göra saker för sig och sitt gör att man gör mer än förväntat, upptäckte vi efterhand. Bara gruppen, en själv och ens partner skördar resultatet av ens vardagliga arbete. Inget behöver längre utföras för att tillfredsställa stat, arbetsgivare eller menighet.

Vi behöver inte heller längre uppföra oss som det anstår så kallat anständiga. Vi kan gå omkring helt nakna och vi kan lägga ner dagens arbete när vi vill och dricka vin eller älska där vi är och står. Vi kan läsa böcker eller bara vara. Sitta stilla i timmar och bara tänka eller drömma. Tillvaron är gränslös i döden.

Ingen uppgift är för stor. Inget arbete är för långt. Vi vet vi är här för att stanna och att vi har all existens som finns framöver för våra arbeten och uppgifter. Arbetet får i sig sitt eget värde, sin egen glädje och stolthet. Att bara vi döda levande som är här någonsin kan ta del av arbetet saknade betydelse. Varandra var ju allt vi hade ändå. Inga andra ville veta av oss. Så vi var vår egen värld och vi var det publikum som stod till buds, och erkännanden från sina egna är allt som har betydelse och är värt hela världen.

Det var en befrielse att den sista bron tillbaka nu var prövad, underkänd och bränd. Inga vägar ledde tillbaka. Det var här och nu för alltid och det var allt vad det var. Här fanns ingen tid, inget rum – allt var i det kommande.

Så blev vår död oss en förlossare. Döden löste oss från livets alla krav och måsten. Döden var friheten och döden hade gjort oss fria.

De enda två som inte avgett något vittnesmål till oss andra reste på sig och sade: Det är nu dags för oss att berätta våra historier. Så att ni förstår hur både den förra och denna värld egentligen kommit till. Först därefter, med den kunskap vi delger er, kan vi gå vidare som fullständigt döda levande människor och skapa våra fulla nya liv.

26Rikets uppkomst

Sagan om Mörkret och Ljuset

Par 13

I begynnelsen var *Mörkret* och inget annat än mörkret. I mörkret
bodde också mörkrets lillasyster *Ljuset* men hennes ljus hade ännu
inte tänts. När lång tid hade förflutit började Ljuset misströsta och bad
sin storebror att ge henne eldens Ljus och en värld att lysa i. Mörkret
lovade att tänka över saken och återkom några dagar senare. Jag har
nu skapat en värld för oss att dela. Den består av en planet jag valt att
kalla Jorden som snurrar runt en stor sol som lyser över världen. Solen
har miljoner små barn som jag kallar stjärnor. På ena sidan av jorden
är det dag och på andra sidan är det natt. Efterhand som jorden snurrar
byter hälfterna ljus och mörker. Jag kallar den mörka delen för natt
och den ljusa delen för dag. Du sköter ljuset och jag mörkret på en
halva i taget. Är du nöjd med mitt verk? Det är underbart, min bror.
Kan du då också tända mitt ljus och ge mig dagens låga? Det ska jag
visst, sade mörkret och blåste ljus i lillasyster. Därefter skapade
Mörkret även människan.

Mörkret tänkte vidare, sen skapade Mörkret 12 nattsvarta gudinnor
och placerade ut i oländiga, undangömda trakter. De 12 nattens
gudinnor var helt nakna och skulle nakna förbli för kläder fattade eld
så fort de mötte kvinnornas heta hud och förtärdes snabbare än de
påtogs. Nattens gudinnor var Mörkrets harem av kvinnor. Mörkret var
dock inte materia utan bara kropps- och själlös vilja. Ond vilja. Så för
att kunna älska med sina gudinnor behövde mörkret inta en människas
gestalt och genom mannens kropp och kön tränga in i sina nattsvarta
gudinnor.

Nattens gudinnor fick makt att utföra mörkrets onda viljor. Nattens
gudinnor kallade det gärningar, då de ägde kropp. De var mörkrets
ombud på jorden. Genom att framställa dekokter och frambesvärja
ondska genom sina danser och sånger kunde de iscensätta vilka
ondskans under som helst. Mörkret hade tänkt ut ceremonierna så
fiffigt att varje ond ritual krävde tre moment. Dekokten, rituell dans

med frambesvärjande av olika former av ondska och för att verkställa det ondas verkan så fodrades som final att den som önskade verkställandet också var tvungen att penetrera nattens gudinna. I det ögonblick ceremonimästaren, den nattsvarta gudinnan, och hennes klient sammansmälte i kärlekens fullbordan så gick det ondskefulla i uppfyllelse. Utan sammansmältningen hände inget. Då Nattens gudinnor var oemotståndligt undersköna tvekade inte kunderna utan klädde snabbt av sig nakna för sammansmältningen. I samma ögonblick tog Mörkret över hanens kropp och penetrerade i sin tillfälliga mänskliga gestalt gudinnan. Sålunda kunde Mörkret njuta sitt harem genom ombud.

Jag var barn till en av nattens kolsvarta gudinnor. I svett, i kön blev jag avlad, ur smärta, svett och kön trängdes jag ut. Inte ett ljus brann i hyddan vid min födsel. Nej, i nattens mörker var jag avlad i den mörkaste, djupaste och äldsta delen av Afrika. Min fader var Mörkret och min mor var en djupsvart gudinna, en av mörkrets egna väsen.

Jag tog till mig min födelses mörker och gömde det ini mig själv som en gåva, som en svart pärla. Att bära och nära mig men aldrig att visa eller bringa till ytan av mitt självt. Mitt mörker var mitt och ingens att se.

Utomhus, ur nattens mörker kunde jag se min moders gestalt, som ett mörkare mörker mot den kolsvarta natten. Hon var av natten skapad, gjord och kommen. Min mor var mörkrets prästinna. Hon tillverkade ondska i dess renaste skepnad. Varje natt ammade hon mig och lade mig sedan på en bädd av jättelika blad. Jag kunde se allt hon gjorde men jag kunde inte tala eller skrika efter att jag druckit hennes brösts mjölk. Jag såg när hon tog emot sina kunder. Jag såg väl hur hon tände ett ljus för att tillverka sina dekokter för olika ändamål.

Jag såg hur hon naken dansade sina olika rituella danser och jag hörde hennes frambesvärjande formler. Jag såg när parningen var inne för att livge ritualen. Jag såg hur min fader kom fram som den svartaste rök, inträngde och tog över kundens gestalt. Jag såg hur han trängde in i min mor och jag förstod och såg vad ont som verkställdes av penetreringen. Varje natt upprepades ritualen. Kunderna stod på kö för att få sina onda önskningar uppfyllda.

Så fortgick mina år. Jag visste inget annat och därför drömde eller tänkte jag heller inget annat. Hyddan, min moder och fader samt vad som utspelade sig framför mina ögon i hyddan, var allt jag visste.

En dag sade min mor till mig att Mörkret hade talat länge till henne igår medan jag sov. Du är 20 år idag och det är dags för dig att lämna din moder och fader och ge dig ut i världen och skapa dig ett eget liv. Först måste du dock ge mig en gåva, sade min nattsvarta gudinna och moder. Du skall hjälpa dina föräldrar att skapa en kvinna för dig och en värld av ljus och mörker. En man av mörker som du är, då både din far och mor är av mörkret, kan aldrig finna sig en kvinna. Nattens gudinnor föder bara söner. För att skapa en kvinna måste sonen avla en kvinna med Ljuset, mörkrets lillasyster.

Endast så kan två världar sammanblandas och skapa ett ljust liv och en värld av både ljus och mörker. Du och din kvinna kommer att få möjligheten att för första gången bereda en ny form av värld. Skapa världen utefter era önskemål samt välja ut 24 ytterligare individer att ta med er till er nya värld.

Ni kommer inte att kunna dö ut. Men ni kommer att dö för att leva i en ny värld. En dag kommer du att förstå mina ord. Jag ska lämna dig nu och om en stund kommer Ljuset att komma till dig och du måste lägra henne som du sett far och mor göra i alla år. Hon kommer då att föda dig en kvinna som tack vare ljusets större växtkraft också kommer att växa dubbelt så fort som du har gjort. Så när du närmar dig fyrtio år kommer du att höra ett allt starkare lockrop under en tid. Det är då din maka närmar sig dig. Innan dess behöver du inte fundera på kvinnor. För en mörkrets man kan bara ha sexuellt umgänge med en ljusets kvinna. Minns dessa mina ord och lev lyckligt, min son. Så kysste hon mig på pannan och trädde ut och gick upp i natten.

Efter en kortare stund anlände ljusets drottning och upplyste hela hyddan. Hon tog av sig sin vita klädnad och bredde ut sina ben. Hon sade kom och ta mig, du mörkrets son och ge liv till ljusets dotter. Vi älskade hett och länge och jag tömde min mörka säd i henne flera gånger. Tack, du mörkrets son för din unika gåva. Vet, att du mörkrets son och min ljusets dotter båda kommer att vara sterila. Ni kan para er men ni kan inte få några barn. Vi klädde på oss och lämnade hyddan hand i hand. Hon sade: Tack, för din oändliga gåva. Lev nu väl och invänta ljusets dotter.

Så lämnade jag djungeln och begav mig till människornas värld. Många nya världar öppnade sig men jag såg mycken ondska och falskhet i alla dessa människovärldar. Jag inledde med att söka mig till litteraturens värld men såg mest högmod, avund och självförhärligande. Jag såg även omsorg om medmänniskor men de flesta sade en sak och gjorde en annan. Dock fann jag de tysta böckerna som högljutt talade om stora och vackra saker. Jag reste till ställen och världar jag aldrig ens hört talas om igenom böckerna. Böckerna var de enda tidsmaskiner människan behövde. Jag lärde och lär mig fortfarande väldigt mycket av böckerna. Böckerna lever i och med mig vart än jag går. Jag släpar fortfarande runt böcker och samlar. Böckerna hyllar jag. Författarna ger jag inte mycket för. En stor majoritet av dem lever inte och uttrycker sig som i böckerna. Sara Lidman uttryckte saken: Liv och livsåskådning måste följas åt. När de två gått isär är man meningslös.

Jag sökte mig till schackets värld då den gav mig möjlighet att utveckla och förstora min hjärnas förmåga att tänka strategiskt och logiskt. Även här regerade avund, ondska och ytlighet. Spelarna fördjupade sig visst i tankar men tankarna sträckte sig aldrig utanför schackspelets gränser och var därför utan värde för världen runtomkring. För att ett intellekt ska äga värde kan det ej isoleras kring ett ämne utan måste appliceras på människors levnadsvillkor och problemställningar.

Så sökte jag mig till politiken. Jag tänkte att här fanns hängivenhet och övertygelse. Briljanta hjärnor som bollar med världsproblemen och kommer upp med nya idéer och smarta lösningar på samhällsproblemen. Som jag bedrog mig. Politikerna pratade förvisso stort och väldigt om sina idéer, om hur och vad de ville förändra. Men på orden följde aldrig handling. Det var ett ofantligt avstånd *från ord till bord till jord* eller som det också skulle kunna uttryckas Idé-Beslut-Verkställande. Politikerna var ordmaskiner som talade om ideologier men själva levde utefter andra mått. Ständiga möten och samtal men inga resultat av värde. Lade de någon gång fram ett vettigt och genomtänkt förslag så slutade det alltid med att de gav efter och förlikade sig med en blodfattig kompromiss. Deras ord var bara passager mellan faser. Hängivenhet, övertygelse och kompromisslösa ideal fanns inte här att finna. Politikerna alstrade blott förakt och gav mig sur och dålig eftersmak.

Då sökte jag mig till journalistiken och journalisterna. Här måste ju i alla fall finnas vanligt folk och idealistiska människor som grävde i korruption och maktfullkomlighet. Det hade kanske så varit en gång men nu var det fadda typer som hängde på barer och skrev av myndighetsrapporter. De var så rädda om skinnet att de bara satte på tryck samma version som politiker och debattörer ansåg vara korrekta. Inte grävde dom fram något. De var som läskpapper som girigt sög till sig allt men det som kom ut hade redan stått någon annanstans. Trött på hyvleriet och skrymteriet vandrade jag så vidare till religionen.

Här fanns väl ändå rättrogna människor som rättfärdigt levde utefter sin tros förkunnelse. Ack, som jag ännu en gång bedrog mig. Här fanns bara människor som syndade och förbröt sig mot de heliga böckerna, olika trosartiklar eller profetförkunnanden. De stiftade förbud mot allt människovänligt. Inte för att deras tro eller gud förkunnat förbuden utan för att de troende själva ville hålla människorna nere och kväva dem med förbud och livströtthet. De var goda religiösa i kyrkorna, templen och moskéerna men gick ut och levde förutan sin gud till nästa gång det var bönetid. Här fanns mycket att finna. Nästan allt förutom äkta tro och människokärlek. Jag vände dem ryggen och vandrade vidare bort.

Så gick jag till sist till samhällets osynliga. De mest utsatta som vare sig hade tak över huvudet eller mat för dagen: "Dessa de mycket fattiga, dem gör det mig ont att se. De som inte får bröd hos Frälsningsamén och ej ett ord i Clarté. Nils Ferlin. Här fann jag slutligen mänskligheten. Bland de som hade det allra värst fann jag en omsorg om varandra, en värme och en mänsklighet jag saknat bland alla övriga grupper jag studerat. De allra fattigaste delade gärna sin sista skalk bröd med sin broder eller syster. Lämnade över sin ena filt till den som var utan trots att det var 30 minusgrader och natten hotade med kölddöden. Så delade de också på presenningar, kartonger och tidningar som skydd mot natten. De hemlösa som ingen ville se eller veta av, hade i yttersta nöd lyckats bevara sin värme och medmänsklighet och brydde sig om varandras öden. Så återfick jag en smula tro på mänskligheten likväl. *Ett lands välstånd är aldrig högre än den sämst lottade medborgarens välstånd och en rättsstats förmåga att hålla sig inom lagen kan bara den sämst behandlade medborgaren bedöma.*

Så hörde jag för första gången i fjärran lockropet från Ljusets dotter. Hon kallade på sin Mörkrets son, var är du? Jag beslöt att underlätta hennes sök, hyra en bostad och invänta henne. För var dag kom hon närmare. För var dag blev jag otåligare och mer längtansfull. Jag tyckte det tog en evighet men det tog bara en dryg vecka så stod hon framför mig. Det strålade ljus omkring henne. Men det verkade bara vara jag som såg hennes ljus. När vi gick ut bland folket såg ingen märkligt eller förundrat på henne och ingen vände sig om. Efter att vi intagit en lång festmåltid och druckit vin beslöt vi att dra oss hemåt till min och nu vår bostad. Vi tillbringade helgen i sängen med att älska och samtala. Om allt vi varit med om och lärt oss berättade vi för varandra.

Ljuset berättade att när hon fyllt 30 år och levt 15 år (ni minns väl att ljusets dotter, åldrades dubbelt så snabbt som mörkrets son tack vare ljusets större växtkraft?) fick hon sitt syfte förklarat av sin moder Ljuset. Ljuset berättade att hon aldrig kan vara med en annan man än mörkrets son. Du är steril och kan endast para dig med mörkrets son men aldrig få barn. Det är inte heller din uppgift eller din bestämning. Du skall söka mörkrets son över världen tills du finner honom. Endast tillsammans kan ni skapa ett lyckligt liv. Ingen av er besitter förmågan att på egen hand skapa lycka. Utan varandra kan ni blott existera. Bara tillsammans blir ni hela, ett ett. Så du ska gå och söka din man. Tills du finner honom fortsätter du åldras dubbelt så fort som honom. Det är därför viktigt att du finner honom snarast. När du funnit honom kommer ni att fullbordas och leva lyckligt ett antal år.

Er uppgift är dock en annan. Det kan bara födas en Ljusets dotter och aldrig fler då jag inte kan avla barn med någon annan än Mörkrets son och då bara en enda gång. Ni är därför ett unikt par som aldrig mer kan skapas. Endast tillsammans äger ni förmågan att skapa ett unikt rike ihop. Ett rike som ni själva skapar genom att döden dö tillsammans, vakna döda och därigenom ha skapat ert rike. Er uppgift är sen att tillsammans ge liv åt de döda ni vill ha omkring er i ert rike. 24 stycken, säger profetian. Det är ert rike att bygga. Ingen annan kan bygga det. Så gå nu ut, du ljusets dotter och hitta din mörkrets son. Du ska åkalla honom ständigt och ropa hans namn: Mörkrets son. När du börjar komma nära nog ska han höra dig och du ska känna in hans återsvar när du ropar. Men världen är stor och ingen kan veta var han befinner sig så du får vandra snabbt och inte stanna upp så du blir för gammal för honom. Du får bara en chans. Fallerar du kan ingen ny värld skapas. Så gå och gå nu, sa Ljuset åter och kysste mig på pannan medan hon mycket milt och kärleksfullt föste iväg mig.

I fem år fortsatte vi älska, umgås och göra allt tillsammans tills den dagen staden rasade samman. Hus föll ihop överallt och vi fick en hel vägg över oss. Överallt pågick detta över hela staden. När vi vaknat hade himlen förändrats. Halva himlen var mörk och halva ljus. Vi hade dött och levde nu upp igen i den av oss skapade världen. Stjärnorna, solen och jorden var inte för oss längre. Vi hade vår egen värld nu av ljus och mörker gjord.

Vi vandrade runt och hittade döda och undangömda människor. De vi tillsammans kände in som hyggliga människor väckte vi och tog med oss förutom ett par som behövde mer tid för uppvaket. De lämnade vi bakom oss för att tillsammans få göra sin vandring. När vi var började vår vandring var vi 24 människor inklusive oss och vi lämnade staden tillsammans för att ge oss ut och bese den nya världen. Vi vandrade i nästan fem år och vi såg världen men fann inget av värde. Det var dött och raserat överallt. Några djur fanns inte mer och det fanns inte heller sol eller snö. Klimatet var stabilt och ljuset var vad det var. Den blandning av det ljus och mörker vi själva bestod av, jag mörkrets man och du min ljusets dotter. Det var den enda värld vi kunde skapat.

När vi kom tillbaka till vår utgångspunkt fann vi samma raserade stad. Blott en sak var ny. Två människor, en kvinna och en man höll på att försöka ta sig ut och bort från rasmassorna av ett nedfaller hus. Det var två av de vi valt ut men som behövt mer tid för att ta sig över gränsen mellan levande och döda. Vi smög oss undan och betraktade deras kamp. Vi hörde att de samtalade med varandra och gav sig ut på sin vandring. Vi lät dem gå. Tänkte att det blir bäst om de gör samma vandring som vi gjort, upplever och ser allt vi sett så alla delade samma erfarenheter. När de kommer tillbaka och har satt bo kontaktar vi dem och tar in dem i vår värld.

Detta var vad som hände och nu vet ni allt om denna existens uppkomst och den värld vi döda levande kommer att bebo för alltid.

26Rikets och Beboernas utveckling

Livet efter döden

Det fanns bostäder till alla 26Rikets beboer men efter att ha samlat ihop material från den raserade staden behövde vi bygga ut möteshuset. Vi samlades alla 26 och började bygga *Beboernas Hus*. Vi slog ut bortre sidoväggen och byggde på, i storlek tre längor till. Alla delar lika stora som mötesdelen för att rymma biblioteket samt ett förråd av medicinska artiklar, verktyg, reparationskit, sy- och pappersmaterial, konservburkar, torrmat och vin. Mötesrummet var ett större rum med ett stort fyrkantigt bord med plats för sju per sida. En symbol för det ohierarkistiska beslutsförfarandet i riket. Alla hade en jämlik plats.

Inga signaler utgick ifrån bordet att någon eller några bestämde mer än andra. Vem som satt ordförande för *Mötet* bestämdes med hjälp av lotten vid varje möte och ordförandeposten innebar inget mer än att läsa upp dagordningens punkter. Det var ett i högsta grad demokratiskt utformat beslutsbord. En tanke som jag aldrig hört förekomma i de levandes land. Demokrati måste framgå i alla delar i ett samhälle och aldrig bli bara ord och symbolikpolitik. *Demokratin - Finns den inte överallt och för alla finns den egentligen inte alls.*

Vi byggde tillsammans och vi byggde oss samman. Vi kom hit som 26 individer och 13 par som inte kände varandra sedan tidigare. Vi hade ingenting gemensamt utom det faktum att vi alla var barnlösa vilket dock inte varit uttagskriteriet för att just vi blivit utvalda. Men under tiden vi byggde vårt bibliotek och möteslokal lärde vi känna varandra. Vi smälte ihop till en enhet. Inte till ett kollektiv men till samverkande individer som kunde ge och ta samt samarbeta. Vi hade under byggandet känt in varandras egenskaper, svagheter och styrkor. För som i alla levande människor var också döda levande byggda olika och hade starka såväl som svaga sidor. Det var som det skulle. Det var som det var och det var gott. *Gruppens betydelse och vikt är alltid mångfaldigt större än summan av de enskildas betydelse.*

När vi var färdiga med bygget var det dags för det andra *Mötet*. Jag och Folkombudskvinnan lade fram vår utarbetade lagstiftning med betoning på demokrati och de mänskliga rättigheterna och den godkändes enhälligt. Alla närvarande ansåg lagen vara stark och jämlik.

119

Lagstiftningen var unik i sin utformning då vi som första land i världen stiftat en underlåtelselag alternativt civilkurage lag där en persons underlåtenhet att hindra ett brott från att äga rum var straffbelagt till halva värdet av den brottsdömdes straff.

Arbetet med att ta fram 26Rikets grundlag och brottsbalk var populärt. Speciellt emedan varje person erhöll ett eget stencilerat ex i samband med *Mötet*. Vi ansåg att vi nu var mer av ett riktigt rike när vi hade vår egen lag. Vi var mycket stolta över vår lag trots att den aldrig kom till användning. För lever man bara 26 stycken inom ett begränsat område där alla känner alla så blir lagen närmast omöjlig att överträda av två anledningar. 1. Du begår lagbrottet mot en person som kommer att finnas i din närhet för all framtid, vilket kommer att förpesta såväl offrets som gärningsmannens liv. 2. Alla andra inom ett sådant begränsat område kommer att känna till det brott du begått mot en annan av er. Så varje människa du kommer att möta jämt och ständigt kommer att veta vad du gjort för fel. Därför hade lagen sitt värde inte i det skrivna utan i förebyggandet av brott. Förekomsten föregick brottet och gjorde brottets verkställande omöjligt under våra eviga olivsbetingelser.

Jag avslutade *Mötet* med att göra en privat deklaration, en sorts programförklaring för 26Riket. Jag kallade den för:

Jag bär ett annat land inom mig:

Jag bär ett annat land inom mig. Ett land som inte känner några gränser. Där jämlika människor av alla sorter lever tillsammans och respekterar och tolererar varandra. Där människors skillnader och olika egenskaper bejakas som deras styrkor och människorna därför växer i sin ande, i sitt hjärta och i sina själar.

I landet jag bär inom mig bor människor som bara kan utvecklas där frihetens jordmån finns. Människor som äger den fulla friheten att utvecklas till just det var och en individ bär inom sig. Det som bara just den individen äger och har. Vad den människan är och står för.

Var och en har i 26Riket rätt att tänka, tro och yttra sig men har även

120

en skyldighet att respektera andra människors lika rättigheter att
tänka, tro och yttra sig. Yttrande- och tankefrihet fungerar åt alla håll
oavsett åsikter.

Jag avslutade talet med ett citat från Rosa Parks, amerikanska med-
borgarrättsrörelsens first lady: Det finns bara en ras – den mänskliga
rasen. Jag tillade: Och den mänskliga rasen tillhör vi alla här.

Beboerna hyllade talet och begärde att vi skulle anta texten som en
övergripande grundlagsförklaring vilket också gjordes. Det var ett
möte där vi snabbt gick från ord till bord till jord. Inga långbord och
inga oenigheter.

Vi hade nu konstituerat vår statsbildning. Vi hade stiftat lag samt fast-
ställt mötes- och beslutsordning.

Vid den gemensamma grillningen efter *Mötet* ställde en av beboerna
frågan om vi ansåg det vara bättre att ha hjärta med pulsslag och ett
fungerande blodomlopp till priset av dödlighet eller om vi föredrog att
hjärtat inte slog, att blodomloppet ej försörjde oss men att vi var
odödliga? Frågan kom överraskande så var och en fick ta sig en fun-
derare innan vi besvarade frågan. Det visade dock att 24 av 26 be-
boer, alltså 85,7 %, föredrog det stressfria oliv där inga egentliga
deadlines numer existerade. Vi njöt av livets stillhet och gjorde det
som behövdes i lugn takt. Vad brydde vi oss om hjärtslag och blod-
omlopp? Existensen underlättades väsentligt av att vi inte behövde bry
oss om vare sig vår hjärthälsa eller riskera att förblöda eller få blod-
förgiftning.

Så en dag var den plötsligt bara där. Dörren. 3 km söderut från där vi
sprängde portalen. Mitt på ett fält. Vi fann den en dag när vi var ute
och promenerade och närmade oss den misstänksamt. En dörr mitt i
ingenting.

En dörr till vad? En dörr för vad? En dörr mot vad? En dörr in mot
eller ut ifrån? En dörr från eller till vårt dödas rike? Vad hade dörren
för egentligt syfte? När vi kommit fram prövade vi handtaget. Dörren
var låst. Vi kikade genom nyckelhålet men allt på andra sidan var

mörker. Vi gick runt dörren och upptäckte att den var endimensionell och stängd. Det var allt.

Vi fortsatte dock att grunna. Var dörren bara en simpel barriär för att avskilja oss döda från de levande för alltid eller var det en dörr som en dag skulle öppna sig emot någonting annat? Var dörren ens där? Var dörren verkligen verklig eller var den en mental spärr eller rent utav ett foster av fantasin som hindrade oss från att gå vidare? Det var en endimensionell dörr. Den var inte för oss att öppna.

Vi visste inte och vi kunde inte luska ut dörrens syfte eller mening så vi fick helt enkelt låta saken bero och gåtan vara öppen.

Epilogen

Grundlägganden

Vi funderade mycket över vår tillvaro och hur vi kunde leva vidare när hjärtat inte längre slog och blodet inte längre flöt runt i våra blodomlopp. Då slog det oss att människor i olika kulturer alltid talat om den odödliga själen. Vi resonerade som så att om själen levde kvar inom oss och övertog hjärtats roll som kroppens motor så skulle kroppen och hjärnan fungera exakt på detta vis. Vi nöjde oss där då vi hade så mycket mer att ordna med för framtiden. För oavsett att vi var döda hade vi en framtid. Det visste vi nu.

Vi kom även fram till att vi var ett brott mot naturens alla lagar. Vi existerade utan puls och blodomlopp och utan hjärtats slag. Vi kunde inte existera men existerade gjorde vi likafullt. Vi skulle aldrig mer åldras. Det utseende och den kropp vi bar med oss ini döden var också den kropp vi skulle bära igenom evigheten. Vi kunde heller inte skada oss. Bröt vi exempelvis ett ben eller om benet förvreds mellan två stenar var det bara att fatta en bok och läsa tills det var återställt. Det handlade om max någon dag innan vi var fullt återställda.

Vi var inte de odöda. Vi var de olevande eller de döda levande. Det är en stor skillnad. Vi hade kroppar och tankeförmåga intakt. De odöda hade ingetdera och framlevde utan någon form av medvetande eller hjärna. Eventuell kvarvarande hjärnrest var försumbar och omätbar.

I döden finns inga tvång

Det finns vidare inga tvång, inga måsten i döden. Du gör precis vad du vill, när du vill. Ingen tvingar dig till någonting. Det finns inga villakvarterens gräsmattepoliser i döden. Ingen moralpolis som vaktar din anständighet. Det fanns ingen som kontrollerade eller övervakade att vi följde storebrors förbud och påbud. Vi var våra egna damer och herrar och bestämde själva våra regler i samförstånd.

Ej heller rädslan eller fruktan existerade längre. Det fanns helt enkelt inget att vara rädd för längre då vi inte längre kunde dö och då ingen eller inget hotade våra liv.

Friheten var närmast obegränsad. Vi kunde skriva, måla och över-huvudtaget tänka, yttra oss i skrift och tal, göra och skapa vad vi ville. I 26Riket anlades aldrig några smala åsiktskorridorer. Yttrandefriheten gällde och tankarna vandrade fritt och vitt utanför och innanför grän-ser och stängsling. Det var inte bara högt i taket. Det var sky high. Det var bara att vara. Det existerade inga krav på den enskilde.

När vi insåg att vi döda levande kunde fortsätta existera och att vi vare sig kom till himmelen, paradiset eller helvetet lade vi av oss allt som hade med religion, kultur, seder, ritualer, böner och ceremonier. Män-nen tog av sig kostymer, slipsar och finbyxor och klädde sig i tunna, enkla, klädesplagg. En del bara i höftskynken. Kvinnorna gick flera steg längre då många lidit av olika former av klädtvång i livet. Sjalar försvann, niqabs brändes, fotsida klänningar kom bums ur modet för alltid. Skor sparkades av och kvinnorna gick barfota klädda i bad-dräkter, bikinis, höftskynken och tygstycke över brösten och njöt av sin kroppsliga frihet. Kvinnor och män klädde sig och klädde av sig precis som de ville. Inga tvingande klädregler eller klädkoder exis-terade längre. Ingen klassificerades eller bedömdes utefter sin klädsel. Valet av klädsel dikterades enbart utefter personlig trivsel.

Döden gjorde oss fria

En dag slog det oss att vi var lyckliga och fria på ett helt annat vis än vi någonsin upplevt medan vi levde. Vi ägde och gjorde vad vi ville med vår frihet, fritid och vårt privatliv. För om livet förut bara inne-hållit begränsningar och ofrihet var då inte bleka döden att föredra? Vi vann döden. Allt vi saknat i livet, vann vi i döden.

Ingen människa kan ta ifrån en annan människa personens inre frihet, samvete, moral eller personens förmåga att skilja rätt från ont. Endast de som ofria varit kan till fullo uppskatta friheten. Ty vad frihet egent-ligen innebär är olika för olika människor utefter vad de bär med sig i sitt bagage.

Fria sökte vi vårt jag och bestämning

Vi var inte längre dömda till döden, att dö. Vi var befriade av döden. Fria från rädsla och dödsångest för alltid. Fri att leva fri för alltid. Evigheten och odödligheten hade gett oss helt nya perspektiv på liv och död. Vi hade funnit en fristad i döden. Ett sinnestillstånd och en plats där livet och världen icke kunde nå oss. Vi var våra egna efterlevande.

Var en måste finna sin nya bestämning

Medan ett rike och rikets beboer fortfarande drömmer, så bygger man. Samhällsstruktur, organisation, lag och rätt, möteslokaler och bostäder. När riket är färdigbyggt slocknar visionerna och drömmarna tonar bort och övergår till ett annat. Det är individens tur att stå i centrum för drömmarna. Var en måste bygga sin individ utefter sin privata plan och läggning. Individernas drömmar formar det nya sammanhanget.

Innebörderna i våra förflutna var inte där mer. De var inte längre giltiga. De hade gällt medan livet hade gränser över tid. När dessa gränser var upphävda gällde helt andra innebörder för vår existens. Just nu var vi bara ord utan konkret substans.

Den gamla vägen var slut. Den upphörde när du själv dog. Det var din väg att följa genom livet. Därför måste du nu bygga en ny väg. Bereda mark, finna byggstenar och välja destination för den nya Livsvägen.

Nu är du här och här ska du vila till själen kommit ikapp och tills du ser den nya vägen bre ut sig framför dina ögon. Vägen kommer alltid men inte förrän du är färdig att vandra igen. Vi inväntade våra nya personliga jag. Lät dem långsamt uppenbara sig i ny skepnad och visa oss väg, nya jag och bestämning. Tysta samtal med vårt inre. Där vi i tankarna grävde i vårt inre för att finna vår nya bestämning. Den vi var ämnade för.

Vi tog plats i våra nya jag och fyllde ut våra identiteter. Vi var omskapade, formade utefter framtidens betingelser. När du så gjort ska du bara invänta vägen, vila och samla kraft för din nya resa.

Den nya resan

Så äntrade var och en sin privata resa, en resa som förde oss långt bort ifrån oss själva och vilka vi varit. Vi beseglade öppna och vilda hav och vi förändrades utefter de nya förutsättningar som vår existens nu erbjöd oss. Vissa tappade helt sina vingar, andra erövrade andra former av vingar medan vissa istället beslutade avstå vingar och existera på ett mer jordnära plan. Perspektivet att existera för alltid öppnade en mängd nya vägar medan vi bakom oss brände alla broar och skepp.

Efterhand började var en finna sin nya bestämning. Den kom inte gratis. Den tänktes fram och erövrades under kamp och förändring av vart och ett av våra jag. Processen var olika lång. Vissa fann rätt fort sin nya person, medan andra sökte länge men till slut skymtade och angjordes var och ens nya människohamn. Hamnen var nu under besittning. Intagen. För varje människa behöver en ankarplats, en fast förankring i livet. Nu återstod för var och en att förfina sitt jag. Att definiera sig själv på nytt.

Nuet är allt vi har

I vårt oliv fanns inga distraktioner. Vårt eviga liv stod öppet framför oss att skapa vår existens utefter vår nya bestämning och vårt nya definierade jag. Det enda krav som lades på oss var att acceptera vårt döda levande och den plats som var vår att framleva på i evighet. Vi var tvungna att ta in och gå in för alltid i vår värld, den för oss verkliga världen. Den var här. Den var påtaglig och gick ej att gå förbi.

Här gick inte att gömma sig bakom drömmar, fantasier, palissader och masker. Det är nutid. Det är här. Det är allt. Vi kan bara ta in och slutligen acceptera för att kunna gå vidare och bli vad vi alltid kunnat bli om vi haft friheten att själva välja. Självförädling – Att bli det bästa jag var och en förmådde.

Det förflutna var bakom oss. Vi valde själva bort det när vi stängde och sprängde Portalen. Vi kan aldrig gå tillbaka och vi vill det inte heller. Bakom oss är gravarna av våra spruckna drömmar, våra brända broar och våra skepp som seglade bort utan oss. Allt har förstörts och sänkts. Vi är här och bara här. För vi skulle aldrig mer vara hemma där hemma varit. Hemma var nu en annan plats. Hemma var oliv i otid. Vi var gömda i tiden. I en tid som inte fanns. Och i den tid som inte fanns skulle vi nu skapa ett nytt hem utanför tiden.

Hem är där ens älskade är. Hem är där ens hjärta bor. Hem är där du finner ro. Hem är där din själ kan bo.

Framtiden måste vi föda

Vi är alla i detta på samma villkor. Vi är 26 st olevande av olika erfarenheter, kompetenser och intressen. Vi har alla olika förutsättningar och de flesta av oss kan inte fullgöra sina tidigare arbeten mer utan måste söka sig nya arbetsuppgifter och intressen.

Vi är också de första som på ett förvisso begränsat område lever tillsammans som verkliga jämlikar. Ingen är förmer eller förmindre än någon annan. Vi är vita, vi är svarta, vi är bruna, vi är gula, vi är indianer och infödingar, vi är män och vi är kvinnor. Vi har en unik chans att visa, om så bara för oss själva, att vi alla kan existera tillsammans under jämlika villkor, som ett folk. Olika men lika. En enad och förenad mänsklighet för första gången i historien.

Vår död hade möjliggjort skapandet av ett unikt, platt rike. Vi var alla jämlika i ett demokratiskt rike där ingen hade kunnat ta med sig vare sig kapital eller statusprylar. Ingen börd, inga titlar gällde mer. Ingen hade en position att försvara. Den sociala stegen var borta för all framtid. Verklig demokrati utan styre eller styrelsemän och utan skillnad i tillgångar eller titlar hade aldrig existerat i modern tid. Nu gjorde det.

Det vi gör är allt som består

Framtiden är inte född än. Vi måste tillsammans skapa den. Skapa en långsam tid. En tid där ingenting hetsar. Inga krav på när en sak måste vara gjord längre. Det tar den tid det tar. Det finns ingen brådska. Oliv är för alltid. Ingen kommer att dö innan verket är färdigt. Ingen kommer ens att dö när verket är färdigt heller.

Tiden existerar egentligen inte som en faktor. Det är ett människo-påfunnet begrepp bortom verkligheten. En verklighet som mist sin förankring. Dagen idag är densamma här som dagen igår. Här blir det bara ännu tydligare då vi helt saknar natt. Allt är av naturen oföränderligt. Endast våra handlingar förändrar verkligheten. Säg att vi fäller ett träd som tar upp en plätt på marken. Det förändrar bilden, vår bild av verkligheten. Vi får en ny bild av verklighet. En förändrad bild. En bild utan trädet. Men tiden har inte gått för det. Vilar vi, vad vi uppfattar som en hel dag, så förändras inte bilden av verkligheten. Tiden saknar betydelse. Det vi gör är allt som är. Det består. Allt är i det kommande. Verkligheten pågår medan tiden står still. Tiden är ingen faktor. Här.

Tiden och livet har aldrig varit attraherande för varandra. De har aldrig kunnat fördra varandra utan distanserat sig ifrån varandra. Och om inte tiden och livet varit kontraherande krafter hade människan för länge sedan varit utrotad. Ty om de med ömsesidiga krafter istället dragits emot varandra tills de varit ett och samma, ett attraherande och älskande par hade varje nyfött barn dött i samma ögonblick som det föddes. Döden hade dock varit en kärleksfull och exstatisk omfattning.

Utan tiden blir människa återigen urtidsmänniskor

Vi anammade fort den urtida människans sätt att vara. Vi gick upp när vi vaknade. Vi åt när vi var hungriga. Vi drack när vi var törstiga. Vi gick till vila och sömn när vi var trötta och vi älskade när vi var kåta. Längre är det inte mellan de urtida folken och den moderna människan. Så fort tiden inte längre kan mätas så återgår vi till den basala livsföringen precis som vi aldrig lämnat grottorna. Vi blir behovsstyrda istället för tidsstyrda. Vi lever efter naturens egen rytm, en rytm som alla finner när klockorna har satts ur spel.

Vi kunde klä av oss alla masker och kasta våra föreställningar. För ingen kan upprätthålla rollspel i evigheten.

Vi var tvungna att omprogrammera hjärnan

Olika egenskaper vi hade medan vi levde bortföll i flera fall. Hos

128

andra tillkom i gengäld helt nya egenskaper. Båda delarna helt utan rim och reson. Dock var nog en del tillkommande egenskaper ett bevis på att vi faktiskt utvecklades som människor. Bara det faktum att vi inte längre kunde fördriva det mesta livet med att hänga i mobilen och scrolla gjorde att hjärnan helt plötsligt tvingades fokusera på vår existens och de krav döden och olivet ställde på var och en. Hjärnan skiftar inte spår tillbaka av sig själv. Vi var tvungna att arbeta med vår egen person och använda hjärnan aktivt för att formulera och lösa problem på egen hand, för att växla in våra liv på nya spår.

Vi öppnade för nya tankar och tolerans

När du öppnar en bok så öppnar du samtidigt en port mot andra tider och platser. Du öppnar för hela universum av spektrum. Att läsa blev det första våra nya människor tog sig an. Med läsningen upptäckte vi snabbt att tillägnandet av nya kunskaper på områden vi aldrig tidigare haft kontakt med, skapade nya nervbanor i våra hjärnor. Våra hjärnor ökade faktiskt sin kapacitet. Vi utvecklades. Vi växte. Vi expanderade våra jag och samtidigt vår hela existens. Fast vi var döda levande så bidrog vi till vår egen evolution. En mental växtkraft, en hjärnans utveckling. För att vi var ett läsande folk.

Vi läste alla många och allt fler böcker vilka utvecklade våra sinnen och utökade såväl vårt kunnande som vår intelligens som vår empati med andra. Vi blev mer toleranta mot det främmande och avvikande hos våra meddöda. Vi lärde sakta att acceptera våra olikheter och till slut även uppskatta dessa främmande egenskaper hos andra som i sin tur möjliggjorde att flockens liv blev vidare och större. Vi breddade vår sammantagna kunskap. Vi förstod att vi tillsammans kunde mer än som enskilda. En lärdom som låter enkel men som likväl inte tillämpas bland de levande. Där är fientligheten mot det avvikande alltför grundmurad för att kunna tillägna sig det faktum att vi är starkare just tack vare att vi alla har olika bakgrund och kompetens med oss i bagaget.

Jag vill härunder infoga en skrift jag en gång skrev omkring vikten av att läsa.:

Att läsa

Att läsa är att koppla upp sig direkt mot den skrivande författarens hjärna utan att tankarna filtrerats och omarbetats via tal och mun under överförandet. Under läsningen finns bara du och författaren. En symbiotisk dialog mellan meddelaren och mottagaren. En förbindelse över tid och rum. Även om författaren är död fortsätter personens tankar att leva igenom dig, när du läser verket. En författare lever vidare genom sina skrifter och talar till läsaren bortom döden.

Du följer författarens tankespår och stannar ibland upp och tar tankarna till dig, låter dem växa vidare och utvecklar dem. Får idéer utefter bokens innehåll om egna texter, tankespån och formuleringar. Att läsa är en aktivitet som äger rum i stillhet och tystnad men det är en aktiv aktivitet där hjärnan arbetar och tar in en annan människas kunskap och tankar för bearbetning i sin egen hjärna. Läsningen kräver arbete under stillheten och ej passivitet. Ty är läsningen passiv bestående bara av ögats bild av raderna, är läsningen oviktig, bara en simpel inmatning utan värde. Det är när hjärnan aktiveras för att förstå som du utvecklas med skriften. För läsning är utvecklande för hjärnan och högpotent näring för själen att växa.

Att läsa är aldrig att fly eller en fråga om verklighetsflykt. Att läsa är att resa på plats till främmande världar. Resa ifrån här till forntid och framtid eller en resa under nutid. Läsning är att färdas genom andra människor. Ta plats i persongalleriets gestalter och framleva deras liv och öden som deras egna, när det är som bäst.

Att läsa är speciellt viktigt för alla autodidakter, för att utvecklas och få nya perspektiv samt infallsvinklar på saker och företeelser. För att se större och mer djupgående sammanhang.

Självklart är det viktigt att selektivt välja författare om du vill utvecklas. Läser du massproducerade deckare, feelgoodböcker eller menlösa romaner är läsandet mer nerbrytande för ditt intellekt än uppbyggande.

Vi kan självklart inte fördra alla andra ens i vårt lilla sällskap men med perspektivet framför oss att vi ska existera på en begränsad yta och tvingas vara med på samma bestämmande möten för all framtid (kanske borde heta all dötid?) gör att vi lär oss fördra alla om än aldrig gilla vissa särskilt mycket. Det går att hålla god min i dött spel också. Hålla sig på sin kant och sköta sitt samt hålla fred. Allt man tycker behöver inte komma till uttryck. Yttrandefriheten innebär också att du kan välja bort att yttra dig i specifika avseenden. You can die and let die. Ingen orkar vara avig, bråka eller kriga i en evighet. Döden förändrar således både perspektiv och sinne. Så låt andra sköta sitt så sköter du ditt. En av världens absolut viktigaste och bästa dödsregler.

Vi utvecklades sinnligt såväl som själsligt

Att vi inte längre behövde sträva för att sätta mat på bordet förändrade våra liv drastiskt. Vi blev mer närvarande i vår existens. Vi lärde oss njuta av enkla saker i stunden. Vi lärde oss stillheten. Att sitta tysta och ta in livet och låta själen komma ikapp. Att vila i sin existens. Vi njöt av älskog och vin, av skogen och havet, forsens brus och trädens vind. Vi lärde kroppen att njuta av såväl värme som av regn. Vi tog av oss kläderna och dansade i regnet. Lät oss bli genomväta och känna det milda regnet mot våra kroppar. Våra sinnliga och själsliga jag utvecklades.

Nya förutsättningar förändrade oss

Vi ställdes alla inför förändringar som artade sig väldigt olika. Vår präst förlorade tron och blev ateist. Han trodde inte på någon gud eller någonting annat för den delen heller. Prästinnan som betalat dyrt med över 10 års internering för sitt skrivande fann sig plötsligt ha mist sin skrivförmåga. Inget av detta hände över en natt utan var utdragna processer. Kvinnan som haft dödsångest och hypokondri tillfrisknade däremot direkt efter att vi vaknat döda. Hon behövde ju inte längre vara rädd för att bli sjuk eller för att dö. Döden löste hennes problem och släppte hennes själ fri. För döda kan inte känna dödsångest. En ny kunskap vi aldrig kunde förmedla till den levande världen men å andra sidan vad hade levande för glädje av att veta att dödsångesten upphör med döden? De kunde ju ändå inte dö och leva vidare och därmed dra någon nytta av kunskapen.

Över tid förändrades således personers olika olivsförutsättningar. Men vad innebar det att vi förlorade förmågor? Vi visste inte. Kanske skulle de som förlorade förmågor istället erhålla andra, kanske bättre förmågor som skulle vara till större nytta antingen för personen själv eller för vårt lilla rike. Kanske tog bara de förlorade förmågorna paus eller timeout och skulle återkomma än starkare efterhand. Vi visste helt enkelt inte. Olivet skulle alltid vara nytt och outforskat.

Obegränsat liv ledde till långsiktig planering

Efter döden gjorde vår nya existens att det blev mer angeläget att komma upp med konstruktiva lösningar. Lösningar som samtidigt kunde vara praktiskt taget hur långsiktiga som helst och därmed betydligt mer genomtänkta. Har man resten av sin död framför sig och vet att denna död är oändlig, för att inte säga evinnerlig, så sker saker i människors hjärnor. De börjar se inte bara nya utan betydligt större och bredare perspektiv. Så tjänar oss våra hjärnor allt bättre ju längre vi är döda levande.

Vi drog mer omsorg om varandra

Oppositionen kring olika beslut är här på samma sida. Två grenar på samma träd. Alla var lika angelägna att hålla fred och finna lösningar. För i en liten grupp vars omfång aldrig kunde växa och varje beslut berörde hela vår lilla värld (alla 26 beboerna) uppstår en helt ny beslutsmiljö. Man lyssnar fullt ut på varandra och vårdar sig och drar omsorg också om de man inte gillar.

Vi blev också allt mer rädda om varandra i våra respektive förhållanden. Vi vårdade våra kärlekar och drog öm omsorg om våra partners. För ingen önskade längre skilsmässor. Vem vill leva ensam för alltid? Vi blev också tystare och mer eftertänksammare efterhand. Vi vägde våra ord allt bättre. Vi gick från ordkvantitet till ordkvalité.

Verkligheten dödar myten

Sedan prästen tappat sin tro efter sin död var ingen längre religiös av något slag i vår värld. En Gud är ju ett sagoväsen som inte överlever tidens och dödens granskning om den inte finner tillbedjare. Gudarna kan inte existera utan sina tillbedjare. Och ingen kan tro på någon religion som lovar himmel när döden inträffar, när man ser dödens verklighet rätt framför ögonen och finner att verkligheten är helt olik religionernas bilder och löften.

Döden förändrar begrepp och perspektiv

Många av våra perspektiv på världen ändrades också drastiskt i och med vår död. Exempelvis *Vad är en livboj?* Normalt sett ett livräddningsinstrument. Men om man inte kan döden dö längre? Om man redan har dött? Då är livbojen ett medel av ingen som helst nytta eller intresse. En sak som kommer att glömmas bort över tid av vårt rikes beboer då den inte har en roll i vår värld. *Livförsäkring* är ett annat sådant bortfallande ord och begrepp då en redan död aldrig kan komma att få teckna en livförsäkring. Vi uppfyller helt enkelt inte det grundläggande kravet, att vara vid liv vid tecknandet av försäkringen. *Livsuppehållande åtgärder* kan ju inte heller komma på fråga. Det är ju ännu ett begrepp som av högst naturliga orsaker, (vi var odödliga) helt bortfallit. Det finns många fler sådana exempel såsom alla former av elektriska eller digitala produkter som ej kan startas eller drivas här. Bilar, tåg, motorcyklar. Ja, alla produkter som kräver ström eller nätverk kommer att försvinna från vårt medvetande, sjunka undan, gömmas samt glömmas av tiden. De är alla bara sagor numer. Sägner och vandringsberättelser om saker som aldrig mer kommer att finnas i vår värld.

När den besegrades kultur, ideologi eller verk är större och mer värdefullt än de segrandes kultur? Vad händer då? Ett nederlag är inte alltid nödvändigtvis lika med ett utplånande, se Romarnas, Egyptens och Antikens Grekland och deras kultur och verk som Odysseus, Parthenon, Colosseum och pyramiderna för att nämna ett fåtal. Trots nederlag har kulturen och verken överlevt tiden vilket visar på sanningshalten i att det likaväl kan vara de besegrades kultur som överlever segrarens som tvärtom.

Tiden förändrar således perspektiven kring seger och nederlag. Den enas seger kan vara ett nederlag över tid. Och en kultur och ett verk

133

kan resa sig igen och blomma högre och vackrare än någonsin. Van Gogh är ett typexempel. Van Gogh sålde aldrig några målningar i sin livstid men hans verk bjuds idag ut till fantasipriser på världens mest berömda auktionshus och de främsta museerna tävlar om att äga tavlorna. Hans verk överlevde således konstnärens utdöende och blommar större än någonsin fast hans konst inte förmådde blomma alls medan han levde. Van Goghs konst står sig således över tiden fast hans liv syntes vara en förlorares i hans egen livstid.

Vi är verkliga för vi är påtagliga

Är det förresten det vi döda levande gör? Står över tiden? Där inget vi gör kan påverka vare sig tid eller värld därutanför? Eller är vi en del av en större plan och har någon gång framöver en uppgift och ett syfte att fylla? Kan vi ens räknas som verkliga? Är vi verkliga om vi saknar hjärta, puls och blodomlopp? Ja, genom andras berättelser och minnen om oss lever vi fortfarande kvar även i de levandes värld. Men vi lever oliv, finns vi då?

Ja, vi är verkliga och vi finns för vi är påtagliga. Om en slår en annan av oss så faller den slagne. Vi är således verkliga då det vi gör blir konkret och påtagligt. Men vi blöder inte. Vi dör inte. Är vi kanske vampyrer eller varulvar? Nej, inga sådana förändringar har vi märkt av och inga behov av blod eller av att döda äger vi. Är vi övernaturliga eller kanske undernaturliga eftersom vi borde vara begravda och jordade nu? Frågorna är många, svaren obefintliga vilket dock inte hindrar tankarna att sätta vår värld i spinn.

Tankar och frågor

Inga nya hade anlänt på mer än 12 år så vi förväntade oss inte att det skulle ankomma fler. Vi var de vi var och fick planera utefter det. Det fanns inte heller några som helst tecken på att våra livsvillkor skulle förändras. Vi visste ju självklart inte detta säkert men ingenting tydde på någon som helst framtida förändring. Om inga betingelser förändrats under 12 år: Varför skulle det då förändras nu eller framöver? Det var helt enkelt inte troligt, om man nu kan prata om att något är troligt eller ej i ett oliv. Vi var ju också sterila så några nytillskott var inte heller att räkna med. Vi var 26 styck och skulle förbli 26 st för alltid.

En fråga vi självklart ställde oss var om det var en belöning eller ett straff vi hade tilldelats via vår fortsatta existens efter döden? Utefter de olika personers berättelser om sitt tidigare liv gick det inte att dra några slutsatser kring frågans svar. Vi var en brokig samling människor. Vissa hade levt allt igenom goda liv. Andra hade levt klandervärda liv och en del av oss hade haft stora svårigheter i sina liv. Vi var inte en homogen grupp och därför kunde inte heller ett allmängiltigt svar på frågan föreligga.

Intresset för mat och alkoholfri dryck föll alltmer bort för att till slut helt försvinna. Då vi klarade oss helt utan valde vi bort det. Blev vi någon gång sugna gick vi ut i trädgården och tog frukt eller tog en promenad i skogen och åt bär. Däremot ökade intresset för intag av vin men det handlade ju om nöje, njutning, rus och avkoppling. Vinet fyllde således ett helt annat grundläggande behov än mat och alkoholfri dryck.

Sakta och långsamt förändrades vi över tid. Vi växte som människor och såg klarare för varje dag. Vi hade varit nedsövda levande bundna till en mobil eller dator som gjorde att vi inte längre tänkte själva och fattade beslut. Vi såg världen från andra sidan nu. Den gamla världen blev alltmer dimmig och svårare att minnas, skönja och urskilja detaljer uti. Det lade sig en alltmera genomsiktlig dimma över tiden när vi fortfarande levde. En dag skulle vi ha glömt helt. Vi var utmotade och fångade bakom en osynlig men påtaglig gräns som hindrade oss att gå över. Dock sörjde vi inte eller saknade livet eller vår tidigare värld längre.

Livet är en oskriven bok som vi efterhand som vi avverkar och avvecklar saker ger oss nya kapitel att skriva. Vi blev en viss sorts människa. Vår döda sorts människor. Där kläder, vad vem var eller hade varit helt saknade betydelse. Vi fick se ut som vi ville. Ha vilka åsikter, kläder eller rentav inga kläder alls. Det var upp till var och en. Vi var toleranta och överseende mot varandra och respekterade varandra och våras egenarter. Vi var raka men i rakheten rackade vi inte ner på varandra utan förklarade vad vi ansåg fel och hur det kunde göras

135

om. Vi kritiserade varandra konstruktivt istället för genom påhopp vilket gjorde att folk verkligen tänkte efter och i de flesta fall ändrade sitt beteende. Vi försökte aldrig sätta oss på varandra och anse att bara jag kan ha rätt och du har fel. Annorlundaheterna sågs som något positivt. Likformighet betraktade vi som något negativt då det inte hjälpte vår lilla värld att utvecklas.

Fria från livet som band oss förut

Vi var fria! Vi var fria i ordets verkliga betydelse. Fria från allt då vi inte längre ägde några värdesaker. Inga krav fanns att leva upp till längre. Behovet av att arbeta för att tjäna pengar till mat och hyra existerade inte. Det var inte längre ett nödvändigt ont för att kunna existera. Här arbetade vi när vi behövde. Arbetade för något vi ville. Tiden var för oss aldrig ett fängelse. Den fanns ju inte här.

Människor kan vara fångar på många olika sätt uti sina liv, i sina kläder, i sina skor, i sina vanor, i sitt hem, i sitt äktenskap m.m. Det finns många sorters fängelser men vår värld var icke ett av dom. Vi drog jämförelsen mellan vårt isolerade liv och den förutvarande pandemin. Blev världen så annorlunda efteråt som vi trodde under pandemin? Utvecklades vi som människor av den påtvingade isoleringen? Nej, människan utvecklades inte alls av isoleringen. Vi lärde oss ingenting av pandemin främst för att folk tillbringade det mesta av sin tid med sin mobil. Utan mobilen kanske människan istället hade utvecklats men mobilernas nedsövande och hjärndödande effekt förhindrade effektivt människor från att tänka djupare och dra slutsatser utav isoleringen.

Så snart restriktionerna släpptes började de helt sonika om där de slutade. Det var som om pandemin aldrig funnits. Människorna festade och träffades än mer intensivt och bjöd in skulddjävulen till vild dans. Ty för att finansiera sitt återvunna utsvävande liv tog de högräntelån för att kunna fortsätta festa och konsumera, för pengar de inte ägde eller hade. De behövde omedelbar behovs tillfredsställelse i form av dyra krogbesök, nya outfits och dyra utlandssemestrar. De tog igen och överträffade sina ekonomiska ramar. Företagarna, som helt tydligt suttit och hållit på sig som gamla ungmör under pandemin formligen exploderade med upprepade chockprishöjningar på varor, hyror, avgifter överlag vilket gjorde den vanliga människan än mer utarmad.

Så, nej. Pandemin förändrade i grunden ingenting och människan lärde sig inte heller någonting som gjorde världen till en bättre plats. Möjligheterna förelåg bevisligen under pandemin för individens utveckling men de togs aldrig till vara. Pandemin förde oss bakåt i mänsklighetens evolutionsvandring och gjorde oss ytligare, girigare och mer desperata och hungriga efter upplevelser. Varför tog jag då upp ämnet? För att den isolering vi i 26Riket ofrivilligt nu utsattes för som döda levande hade motsatt effekt på oss än pandemin hade på de levande. Vi utvecklades långsamt till att bli betydligt djupare och intelligentare människor. Våra tankar skärptes av isoleringen. Utveckling istället för avveckling av individer och hjärnor.

Så upptäckte vi en dag att vi tappat världen. Den hade avskilt sig ifrån oss och antingen seglat bort eller bara försvunnit för alltid. Vi var nu en ö i en oändlig ocean där troligtvis ingen annan plats fanns och inget liv eller oliv förekom förutom på vår ö. De levande hade nu blivit lämnade bakom på stranden medan vi olevande hade gått förlorade för alltid för den levande världen. 26Riket hade bara 26 beboer men örikets mark var nu hela världen. Vi var alla gemensamt nu vårt rikes förvaltare och vi ägde gemensamt hela vår värld.

Vad gjorde vi så med våra oliv?

För att inte försvinna in i dumma intet och låta hjärnan förtvina så insåg vi alla att vi måste aktivera oss och göra något produktivt av vår eviga existens. Att göra någonting av våra oliv. Att läsa och skriva var att tillföra sin existens det enda hjärntillskottet som existerar. Jag vill här citera George Bernard Shaw som uttalade: Life isn't about finding yourself. Life is about creating yourself.

En frilevande människa är alltid hängiven. En särskild sak eller sin konstart. Arbetet med saken eller konstarten är då själva friheten ty ingetdera har ett värde i sig men är ändå allt. För det är själ, det är hjärta. Och vi olevande var verkligen frilevande människor. Vi var fria från allt inklusive livet och döden.

Kostar då livet något? Ja, det kostar din tid, din frihet, din själ på grund av alla krav och tvång. Men även döden kostar. Den kostar dig ditt liv. Därför har du i döden ett ansvar. Du måste själv bygga upp en meningsfull existens när du vaknat död. Tillsätta mål, mening och syfte för att förbli levande död och inte förvandlas till en odöd zombie.

Läsning, bildning och förkovring

Med gränslös framtid så genomgick individerna drastiska förändringar och utvecklades dramatiskt. De flesta beboer gick ifrån att närmast aldrig i vuxen ålder öppnat en bok till att börja instudera hela ämnen systematiskt. Alla läste och förkovrade sig. En del bara för nöjes skull men för de flesta var det blodigt allvar. De läste in allt som existerade i ett ämne. Från lekmannalitteraturen till de allra svårgenomträngligaste verken. Andra skrev poesi, skönlitterära alster, fackböcker, politiska böcker m.m. under tiden de fortsatte sin inlärning av andra författares verk. Andra studerade på heltid, genomgick de utbildningar de tidigare ej tillägnat sig och fortsatte med att ta sig an akademiska studier. De läste in kandidat- och magisterexamen (de tillägnade sig all den nödvändiga kunskapen då det ju aldrig kunde bli tal om examen) och fortsatte med att skriva avhandlingar efter konstens alla regler. Vi blev alla alltmer världsfrånvända och gick in i oss själva för att finna våra jag. Världsfrånvända? Vi hade ju redan lämnat världen.

Konstnären

Konstnären blev fri när han dog. Nu kunde han fritt måla precis vad han ville och hans motiv förändrades drastiskt. Ifrån att ha målat svårbegripliga former som alltmer liknande skuggor som tog form och kom närmre var han nu framme och färdig med skuggorna och kunde måla motiv från verkligheten. Han förstod att när han målade en ensam skugga var det han själv han målade varje gång. När han målade många skuggor var de beboernas silhuetter och att alla skuggor kom allt närmare kanten av målningen innebar att det blev kortare och kortare tid kvar innan övergången till oliv skulle ske. Så löste han slutligen vad målningarna föreställde. Han hade avtolkat verken och gick så vidare.

Hans första tavla efter återkomsten från vandringen var en bild av en begravning med texten Ös inga ord på min kista. Strö ingen jord på min grav. För jag är inte där. Konkreta målningar som också täckte existensen efter döden. Bilder från den femåriga vandringen, portalväktaren, portalen mellan de levande och döda, de brända broarna, skeppen som hade seglat bort, vägar som lagts igen. Han åtog sig att göra illustrationer till vår krönika. Han var lycklig för nu visste han äntligen vad han målade.

Vår värld var ju också själva arketypen av övernaturlighet. Vår konstnär försökte ideligen avbilda världen men den tudelade svartvita himlen var alltid ljusblå när han dagen efter skulle se den på nytt!? Hade han likväl målat den ljusblå mot sin vilja eller kunde man inte avbilda den värld vi nu levde i och sätta på bild?

En dag när konstnären rakade sig framför sin handhållna rakspegel föll allt på plats och han förstod allt. Himlen var inte svart och vit. Det var därför den raderas över natten. Himlen var själva Mörkret och Ljuset. Den speglade skaparna av vårt döda levande landskap, vårt hem i världen. Himlen var svart med lite mörkblått i och vitt med lite ljusgult i. Han hade via rakspegeln ändrat perspektivet och ljusinfallet

139

och sett vår verkliga världs utseende därvid. Han såg en ny verklighet. Den verkliga verkligheten.

Konst kan aldrig skapas utanför konstnären. Konst skapas alltid ur det stoff som konstnärens själ bär fram. Vi gav konstnären uppgiften att föreviga var och en av oss döda beboer att sätta upp i möteslokalen. Han accepterade uppgiften men började genast grubbla. Ett porträtt är en avbildning av en människa på samma sätt som en spegel. Spegeln ger förvisso samma bild men porträttet förblir för alltid detsamma. Porträttet är en bild fryst i tiden, en odödlig bild. Spegeln ger och är å andra sidan bara en ögonblicksbild som flyr undan för alltid. Så snart personen rör sig bort från spegeln dör bilden. Redan nästa gång samma person ser sig i spegeln är bilden en annan och den gamla bilden har raderats för alltid.

Spegelbilden har förändrats och omskapats. Ansiktet har ändrat drag, ljuset faller annorlunda, avståndet är ett annat. Spegelbilden är sålunda föränderlig, unik och obestående över tid och kan aldrig återges exakt likadan. Den är redan när den framträder på väg bort och döende medan porträttet är för evigt. Det kan ej dö. Är då en odödlig bild mer värdefull därvid? Ja, men den enda säkra slutsats vi kan dra är ändå bara att porträttet är värdefullare än spegelbilden på grund av det bestående värdet vilket inte hindrar att ögonblickets spegelbild kan vara vackrare.

Det som står framför er är en attrapp, en fantasibild. Av lögner och halvsanningar uppbyggd. En skenbild. Där allt som är av vikt ligger i själva ordet skenbild. Hur skenet faller in över bilden således. Ty det enda som då kan sägas vara påverkbart, möjligt att påverka, är hur skenet faller. Ljusets infall. Skenet bedrar sägs det ju. Således gäller det att få skenet att falla in annorlunda, från en ny och annan vinkel och därigenom förändra bilden, perspektivet och det upplevda seendet. *Förändra perspektiven eller ljusets infall och du förändrar världen och det sätt människor uppfattar världen och dess företeelser.*

För du ska inte se för att få bekräftelse på vad du redan vet. Du måste söka nya infallsvinklar, skaffa överblick och försöka få ljuset att falla in på fler och nya sätt över saker och förhållanden. Endast så kan du återigen se världen som ett barn, helt fördomsfritt. Se sanningen med dess onda såväl som goda blommor omkring dig. Veta vilka blommor som är ondskans blommor och vilka som är de sanna, goda blommorna. Du är så barn och fri att på nytt skapa och bygga upp din värld. Du kan återigen se världen på barnets vis, utan bländverk, och förutbestämda infallsvinklar för ljuset. Du äger perspektiv igen. Vad vill du så göra med dina nya värld när synfältet vidgats och sikten klarnat?

Konstnären experimenterade med ljusfall och olika vinklar av samma motiv. Han kunde göra en hel serie av samma motiv sedd från olika vinklar. Han kunde ljussätta tavlor i hela skalan från ljust till mörkaste mörker. Han kunde ändra detaljer för att få fram helt olika känslor från närmast exakt samma motiv. Han förändrade marscherande soldaters uniformer så en hyllande folkmassa blev till en skräck- och panikslagen hop människor. Han kunde använda idylliska sommarbilder och i nästa version lägga in nedkommande fallskärmstrupper med full beväpning och i en tredje version förespeglade han infallande bomber. Med exakt samma idylliska bild men med smärre tillägg förändrade han totalt stämningen i bilderna. Han målade helt olika tavlor av exakt samma bild.

Konstnären tvingades ju inte längre sälja bilder för att överleva eller sätta mat på bordet och hade därför all framtid att fundera ut nya detaljer för att förändra varje motiv i en oändlig serie av samma grundmotiv. Han hade slutligen blivit en fri konstnär där inte tvånget att ständigt finna nya motiv under kort tid förlamade hans konst. Varje människa besitter djup hon inte ens anar och nu hade konstnären all tid han någonsin behövde för att analysera sitt eget djup.

En dag ville konstnären skifta fokus för sina målningar. Han ville illustrera sanningen i sin tid. När han målat sin första bild kände han stort missnöje och misstro. Han började med att på papper sätta ner vad han ansåg vara fel med bilden och målade en ny version. Han var långt ifrån nöjd även med denna bilden. Så han skalade bort ännu ett skikt på bilden och blev något mer nöjd men var fortfarande långt ifrån bilden han sökte. När han hade gjort åtta olika bilder där han i var och en version tog bort detaljer ansåg han sig färdig och var nöjd med bilden. Han drog slutsatsen att så långt måste en konstnär ta sig in i en bild tills endast den sanna sanningen återstår. Sanningen där endast den innersta bilden är den verkliga. Så många skikt har sanningen silats igenom såsom fördomar, lögner, förnekande, politiska strategier, kompromisser m.m. Så många faktorer som lagt sig som skikt över motivet har tillåtits påverka och färga sanningen så den nästan är helt omskapad från verkligheten. Man måste därför skala bort skikt efter skikt för att hela tiden komma närmare sanningen. Det är som när man skickar runt ett meddelande i en hop människor. Där skikt efter skikt lägger sig över den först sagda meningen och där den sista versionen ingenting har gemensamt med det ursprungliga meddelandet.

Det finns ingen och inget så ensamt som en konstnär mitt i sitt skapande. För i processen lämnar han sig själv och denna värld, denna dimension för att träda ini något annat, okänt vad. Han öppnar sin själ och lägger den naken framför sig. Han tar ut sin själva själ för att skriva med dess ord, måla med dess färger och för att skapa nya själfulla världar.

Nudisten

Nudisten var en kvinna som levt sitt liv i full nakenhet så mycket som sociala sammanhang tillät. Hon hade drivit en nudistcamping för att därefter starta upp en sajt med angivna platser över landet där man kunde idka säkert sex naken.

När hon och hennes partner var färdiga med sitt valda boställe i 26Riket ställdes hon direkt inför ett livsomskapande eller en dödsomskapande förändring, ett trauma. Hon levde ju i sin död liksom i livet tidigare i sin fulla nakenhet. Plötsligt fick hon knottror över hela kroppen och frös så hon riste. Hon gav med stor sorg upp sitt livs passion att gå naken hela dagarna vad hon än gjorde.

Hon försåg sig med en tjock, lång björnpäls och ett par knälånga Grönlands stövlar i mocka, fodrade med ull ludd. Så kunde hon gå helnaken under, täckt endast av björn och skinnstövlar. En svår kompromiss för ett naturbarn, en människa som aldrig levt påklädd.

Hon blev istället en stor älskare av brasan i den öppna spisen. När hon kom hem drog hon igång brasan, sparkade av sig stövlarna, bredde ut pälsen framför elden och lade sig naken i värmen från brasan. Där älskade hon, åt hon, läste hon, vilade och sov hon. Under omständigheten att behöva vistas inomhus kunde hon fortsätta leva sitt liv naken.

Motståndets estetik

Terroristkvinnan sökte en utmaning. Hon fann den. Hon behövde ett liv i döden, om man nu kan säga så? och därför mätte hon upp en sträcka på 1,5 km uppströms och tog tiden med ett gammalt tidtagarur för hur lång tid det tog henne att simma sträckan medströms. Hennes mål var att kunna simma lika fort motströms i den starka flodforsen för att inpränta motståndets estetik. Hon menade att när hon uppnått förmågan att simma lika fort motströms så var hon fullärd.

När hon startade så tog första simningen motströms 26 sekunder längre tid än medströms. Efter ett års träning var tiden 20 sekunder sämre och efter två års träning hade gapet minskat till 14 sekunder. Det var bra ansåg hon men det räckte inte. För att klara det sista var hon tvungen att finna en ny taktik. Byta hästar och skifta sadeln eller enklare uttryckt byta metod och strategi.

Frisim räckte inte i strömmen. Hon prövade det kraftfullare bröstsimmet men det gick ännu långsammare. Närmare 22 sekunder efter medströmstiden. När hon prövade fjärilsim insåg hon att här hade hon funnit rätt teknik. Redan första övningen överträffade frisimstiden med en sekund. Hon fick mer kraftfulla tag i den starka motströmmen av fjärilsim. Nu skulle hon träna upp benen så hon kunde sparka ifrån starkare och dra mer nytta av de i frisim mindre nyttjade benen. Hon började med att otaliga gånger varje dag springa uppför den branta backen hemmavid för att bygga benstyrka. Det gav resultat. Efter ytterligare ett års träning var hon bara sju sekunder efter medströmstiden. Hon ökade träningsdosen med än mer fjärilsim motströms och dubbelt så många löp uppför backen per dag. Ett år senare klarade hon målet. Hon lyckades simma en sekund fortare motströms än medströms. Hon hade visat att svårt motstånd går att övervinna om man ger sig själva fan på det och är beredd att omgruppera och byta strategi under striden. För det var vad hon hade gjort. Det var ren vilja och inget annat.

Barfotarörelsen, Gatukulturen, Badkarskulturen, Braskulturen, Havsterapi

Flera rörelser bildades och enskilda individer drev sina egna intressen och vann utövare.

Folkombudskvinnan började odla mossa. Hon skar ut en bit från berget som stupade mot havet och mångfaldigade ytan. Hur vägrade hon att berätta. Hon gav varje hushåll ett 1000 kvadratmeters mosstäcke att lägga runt sina bostäder. Odlingen födde därefter i sig en rörelse, Barfotarörelsen då mossan var underbart mjuk att beträda barfota. Med mottot "En riktig kvinna går alltid barfota". Barfotalivet befrämjade kroppens hållning, motverkade ryggbesvär, felaktig gångteknik, det allmänna välbefinnandet, stimulerade sinnena, ökade känsligheten och sensualiteten hos kvinnan vilket gjorde kvinnorna mer inkännande, levande och aktiva i sängen, bland annat.

Folkombudskvinnan drev tesen att vi människor behöver vara jordade så vi förslösar mindre energi för att tränga igenom våra skodon och nå direkt kontakt med marken under oss. Hon ansåg att vi blir alla piggare och får mer energi om vi låter våra fötter ha direktkontakt med jorden så fötterna förmår ta upp markens inneboende energi. Vi måste återvända till ursprunget och låta jorden bära oss.

Hon utförde samtidigt olika experiment på deltagarna som hon använde till en forskningsstudie med målet att skriva en avhandling kring Barfotagåendets effekt för välmåendet.

Liknande rörelser som ibland överlappade varandra var Basturörelsen och Badkarskulturen. Även dessa båda rörelser hävdade att kroppens intima umgänge med hett vatten och het luft även befrämjade människors sensibilitet, kroppsmedvetande och i förlängningen även lusten.

En fjärde besläktad variant var braskulturen som utövades liggande naken framför en tänd brasa och bara njuta och ta in värmen. Den f.d.

Nudisten var Braskulturens hjärta och lärde ut samt förevisade föredömligt det värmande, sensuella i nakenlivet framför brasan.

En femte rörelse utgjordes av Havsterapi. Havsmassan består av en enorm mängd vatten som bildar de obevekligt, ostoppbara, framvälvande vågorna. Havet har många röster. Skiftar mellan vågorna som evigt rullar in och sjunker undan. Höga, rasande välvande ibland och försiktigt krypande, krälande andra gånger. Små vågor som sakta når stranden, når sin höjd, dör bort och drar sig utåt igen. Som om de närmast var för blyga att beträda stranden. Alla sorters vågor bär olika röster och alla vågor kommer tillbaka igen.

Havsterapin går ut på att liggande eller sittande, blundande eller seende ta in havets brus och vågsvall under en halvtimmes tid eller längre. Havet roger och stillar oro. Du kan försvinna långt bort i tankarna medan du lyssnar på havets egen musik.

Tre ytterligare rörelser var av mer andlig karaktär men långt ifrån religiösa. Jag skildrar rörelserna genom att publicera ifrån deras egna skrifter.

De Bortomseende

José Saramago: *Blindast av alla är den som inte vill se.*

Du måste blunda, bli blind för världen för att verkligen kunna se. Endast blind kan du uppleva och bedöma världen och människorna helt fördomslöst. Blinda ser vi vad seende aldrig kan se. I mörkret kan du finna ditt ljus.

Bara för att du har ögon innebär det dock inte att du kan se, lika lite som bara för att du har öron innebär att du kan höra. Du har attributen men äger inte per automatik känslan, insikten och den fördomsfria intuitionen om vad du erfar.

Det finns i världen många osedda för att inte säga osynliga människor, osedda människor. Tiggare, hemlösa, invalider, blinda, svårt handikappade, skadade, psyksjuka, narkomaner, alkoholister m.fl.

Dessa människor har vi lärt att bortse ifrån. Se bort ifrån eller se rakt igenom som om de inte fanns. Vi gör oss blinda för att slippa se och ta till oss och erkänna verkligheten.

Men om du ger en av dessa osynliga en skärv eller en kopp kaffe samt stannar och växlar några enkla ord så kan det ske att även de oseende upptäcker personen, att molnen ikring honom eller henne skingras och att han åter tar en synlig plats i världen. De oseende ser att han är en människa som alla andra, som du givit din tid och en skärv. Men långt mer ändå – Du har förklarat honom och gjort honom eller henne till människa genom din enkla gåva. En skärv kan ibland vara en oskattbar gåva.

Vi lärde oss se också det lilla i det stora. Betraktar man exempelvis ett långsträckt fält så är det just fältet man ser breda ut sig. Men när du väl sett fältet så zooma in så ser du att det innehåller flera stora dungar på olika ställen i fältet. Du ser en fasan som skenar över fältet. En hare som ligger ner och gnager. En gammal bit stengärde. Likadant i en skog. Du ser det stora antalet träd men du ser inte mossan på stenarna, du ser inte stigarna och vägarna som går igenom skogen. Du ser inte bäckarna. Blåbären, Lingonen eller Vidhallonen. Helhetsbilden skymmer bort detaljerna.

Du måste lära dig se bortom den första bilden, bryta ner bilden och se alla detaljerna. Du måste lära dig Bortomseendet.

Skogströvarna

Redan som små försvinner vissa människor ut i skogen. De skogar. De strövar skogen, iakttar, lär, lyssnar in skogen alltmedan de till synes strövar planlöst i skogens salar och mysterier. Dessa små människor inser och glömmer aldrig mer i sitt liv, skogen. De förvarar skogen i sin själ och skogen bevarar själen i människan. Själen samlar ihop sig i skogen och du går ut ur skogen i takt med världen. Själen kommer ikapp i skogen.

I skogen kan du förlora dig själv. Du kan drunkna i skogen. Och har du en gång drunknat förändras du för all tid och bär skogen evigt med

146

dig. Skogen är väldig och stilla, oändlig i rummet.

Tiden upphör där. Du kan gå i timmar och du märker inte tiden. Tiden är inget begrepp i skogen. Skogen finns för evigt, för skogen samlar tid, skogen rymmer tid. All tid som funnits och all tid som kommer på en och samma gång.

Skogen är långt mer än bara träden. Skogen är ett sinnestillstånd. Där människor helt kravlöst bara kan vara. Skogen talar trädens tysta språk till oss. Vi hör inte dess viskande stämmor men våra själar tar orden till sig och sväller och växer i skogen. För skogen är ett tempel, en sal som öppnar vägar in i vårt innersta, in till vår själ så att själen kan växa och läka ut.

Skogen är det enda mysteriet som intakt överlever barndomen, ungdomen, medelåldern och ålderdomen. Ingen kan lösa dess gåta. För den finns. Outsäglig. Vilande och blivande på en och samma gång. Bara varande och den är människans vän. Den botar och helar oss så länge vi tar den till oss, vistas i den, vandrar den och är i den.

Skogen är en plats som ingen äger. Ingen äger den plats du befinner dig på men den plats du befinner dig på äger du där och just då. Likväl är skogen ett hem, envars hem som ger sig villkorslöst till skogen.

I skogen ska du ej bruka ord. Ord är nästan alltid bara mellanrummet mellan tystnaderna. Och till skogs går man för att finna ödsligheten och tystnaden inom sig själv. För att lära sig läsa ut vad som står mellan tystnaderna.

Enskildas aktiviteter

Alla de som hade blivit utsedda att ansvara för specifika uppgifter i 26Riket som funktionärer fortsatte sköta sina uppgifter. Ofta erbjöd sig också andra att arbeta vid deras sida med uppgiften. Det fanns alltid gott om tillvaro över för att också personerna med funktioner kunde utveckla sina oliv.

Terroristfrun höll självförsvarskurser och lärde ut boxning, judo och gatuslagsmålsteknik.

Slumadvokaten forskade i allt kring lagar, rättsfall och juridisk historia.

Prästinnan skrev en omfattande bok när hennes skrivkramp släppte. En jämförande avhandling över de olika fängelseslagen. Där hon kom fram till att en bur byggd av glas var den överlägset värsta formen av fängelse då den lämnade absolut noll möjligheter till privatliv och integritet. Hon menade att din integritet och ditt privatliv är det värdefullaste du äger. Berövas du dessa är du förlorad.

Hon frågade sig: Var jag då förtrogen med den relativa friheten? Nej, efter tiden i glasburen skulle jag aldrig mer känna mig fullständigt fri. *Mina murar är låga. Lätta för andra att ta sig över. Mitt fängelse skall skydda mig mot de inkommande. Inte de fritt levande människorna från mig.*

I övrigt utövade beboerna mattvävning, träsnideri, möbelsnickeri, sömnadskonst, lerdrejning, ljusstöpning, målning, skrivande samt instuderande av bland annat filosofi, psykologi, antropologi och litteraturhistoria. Ämnena folk fortbildade sig i, skrev om och forskade i, ökade för varje år. Folk som studerat in ett helt ämne gav sig ofta på ett nytt ämne eller läste in magister- och masterexamen. En del skrev även doktorsavhandlingar och fortsatte därefter med forskning inom området.

Andra beboer läste även fortsatt, om inte tonvis med böcker så väldigt mycket och ofta. En hel del läste endast för nöjes skull och det var gott nog. Alla former av läsning befrämjar intelligens, ordförråd, kunskap och allmänbildning samtidigt som man läser. Läsning är i sig själv gott nog.

Skogsvårdaren var en viktig och central person för utövande av bastu-, bad- och braskulturen då han stod för produktionen och leveransen av den nödvändiga veden. Han fällde träd och högg upp veden. Ön bestod för övrigt av oändligt med skog som skulle räcka i evighet. Och, för varje träd skogsvårdaren högg ner planterade han ett nytt träd som ersättning.

En annan viktig funktion hade vinodlaren som tog hand om vinrankorna och bryggde vinet. Varje år samlades beboerna för plockandet och processandet av vindruvorna vilket skedde på traditionellt vis. Druvsaften pressades ur skalen genom att beboerna helt enkelt trampade sönder vindruvorna med fötterna. Barfotarörelsen hade inte överraskande ett gott öga till skörden och processandet av druvorna.

En tredje funktion som var väldigt viktig var Ljusstöpning. Då 26Riket helt saknade el var ljusstöpning en dagligen pågående aktivitet, Ansvarig för funktionen höll kurser för att visa hur man stöpte ljus och hur man kunde forma egna ljus.

Autodidakterna

Autodidakterna var den största intresseföreningen bland de döda levande. Alla självlärda konstnärer samlades under samma paraply för att mötas och få tips och råd från övriga autodidakter kring musik, målning, skrivning, drejning. Ja, i stort sett alla former av aktiviteter som hade med konstnärligt skapande att göra. Då inga möjligheter förelåg för någon att bli berömda och erkända delade deltagarna med största villighet med sig av alla tips de kunde ge.

Konstnärerna

Konstnär är det enda arbete där det är ok med lättja och att göra ingenting en hel eller flera dagar i rad. Ty konstnären arbetar även när han till synes ingenting gör. Konstnärens främsta tillgång och verktyg är hans hjärna och hjärnan arbetar oberoende av konstnären när konstnären själv inte är inkopplad. Konstnären överlåter under hela dagar arbetet till hjärnan. Han kan tillbringa långa tider med att sitta och bara stirra tomt framför sig och likväl arbeta hårt med sitt verk och skriva eller måla i huvudet.

Kama Sutra

Kama Sutra var en väldigt uppmärksammad och populär grupp vid uppstarten och en tid framöver. Många var de som var nyfikna och prövade. Få var dock de som utövade den sexuella konstarten under längre period.

Deltagarna satte sig in i de kroppsligt svåra övningarna men upptäckte snart att de tekniskt avancerade, närmast akrobatiska övningarna, tog så mycket fokus från själva akten utan att det blev en skönare upplevelse sexuellt, att känslan för akten och partnern delvis försvann. För mycket teknik gjorde älskogen omständlig, känslolös samt krävde planering. Spontaniteten, lusten och intimiteten dog långsamt ut då det roliga och lustfyllda sattes på sparlåga och ersattes med akrobatiska kärleksställningar.

Efter ett tag droppade deltagarna av och kursen lades ner. Kursen hade dock fördelen att lusten att älska hade ökat bland deltagarna när de väl kunde älska naturligt igen och uppmärksamheten för partnerns behov var också i stigande.

Allmänt om aktiviteterna

Var vi då världsfrånvända? Vi levde utanför världen. Vi levde isolerade utan några influenser utifrån. Ingenting påverkade eller störde våra tankar. Vi hade frivilligt valt att lämna världen därhän och att i ett rike bestående av blott 26 individer utveckla vår människa, vårt tänkande och vår personlighet helt fri från världens inflytande och intryck. Vi byggde en ny värld utefter våra egna principer. Vi var vår egen värld med våra egna lagar och regler.

Vad brydde vi oss om den förra världen? Vi var andra nu. Inget från våra gamla liv häftade längre vid oss. Under andra existensförutsättningar blir vi andra människor. Vi får nya drömmar och mål. Allt som vi en gång bara drömde om förverkligade vi här i 26Riket. Var vi då samma människor efter att vi förverkligat våra drömmar? Nej, det var vi inte. Det vi tillägnat oss under förverkligandet bar vi med oss och vi omskapades, förändrades och växte som individer och människor under förverkligandet. På andra sidan drömmarnas förverkligande är vi alltid en annan, ett annat. En människa som tillägnat sig kunskapen om det hon en gång bara drömde om är större, högre och bredare. Säkrare och mer människa. En människa som växt.

Sörjde vi då att vi inte kunde få ut våra verk och nå framgångar, publicitet och berömmelse? Nej, vi arbetade med oss själva och våra aktiviteter för vår egen skull. Den kunskapen vi vann i vårt inre genom vårt arbete var i belöning nog. Vårt verk var vårt jag. Utförandet var belöningen, i sig, precis som Daniel och Diana redan tidigt konstaterade sen de avslutat sin vandring.

Att komma ut med verket och att därigenom göra verket bestående var aldrig det vi eftersträvade. Författaren Virginia Wolf sade en gång följande: So long as you write what you wish to write, that is all that matters; and whether it matters for ages or only for hours, nobody can say.

Författaren Henry Miller uttryckte konstens värde för utövaren enligt följande: "Du förväxlar erkännande med belöning. Det är 2 olika saker. Även om man inte får betalt för det man gör har man åtminstone tillfredsställelsen att göra det. Det är synd att vi fäster så stor vikt vid att få betalt för vårt arbete - det är faktiskt inte nödvändigt, och det vet ingen så bra som konstnären. Att konstnären lever under så miserabla förhållanden beror på att han valt att göra sitt arbete gratis.

Jag avundas den människa som har mod att bli konstnär – Jag avundas henne därför att jag vet hon är oändligt mycket rikare än någon annan mänsklig varelse. Hon är rikare därför att hon förbrukar sig själv, därför att hon hela tiden ger ut sig själv, och inte bara arbete eller pengar och presenter".

Vi var fyllda av existensuppfyllelse. Vi var permanent lyckliga. Vi hade vunnit evigt liv och vi hade hela evigheten att utvecklas i egen takt. Utan tiden som begränsare, utan allt världsligt som kväver och kräver oss kan vi utvecklas till det bästa av oss. Obegränsad existens och obegränsat liv är nyckeln till utveckling av var och ens ultimata personlighet och karaktär.

26Rikets övergripande syfte

Uppgiften

En dag kom så Portalväktaren tillbaka. Han bad budbäraren gå bud till alla beboerna för han hade något viktigt att säga. När alla var samlade berättade han en förunderlig berättelse. Han sa att vår värld med döda levande hade skapat en ny Portal på egen hand som var hans att vakta. Portalen var denna gång en dörr som vi nog alla uppmärksammat och sett. En portal till en ännu oskapad värld.

Han sa att han skulle berätta vad som verkligen hänt genom historiens gång. Han berättade att Adam och Eva redan tre gånger försökt att skapa en beboelig värld men misslyckats varje gång. När ni valde att komma tillbaka till de döda levandes värld underkände ni samtidigt den gamla världen och dess inhumanitet. Ni satte er till doms över världen och dömde den till förgörelse och total utsläckning. Det visste ni inte när ni beslöt att stänga portalen. Endast jag visste och fann ert beslut gott.

Nu vilar återigen bara ett livlöst mörker över den levande världen. Det är hög tid att omskapa världen igen. Den ruvar i väntan på återfödandet. Fröet är sått men vilar ännu outvecklat i mörkret.

De enda som kan skapa en ny värld är Mörkrets son och Ljusets dotter. Ni har säkert fått besked av Mörkret och Ljuset att ni alla är sterila och inte kan få barn. Det stämmer bara delvis. När Mörkrets son och Ljusets dotter dog för att vakna upp döda så vaknade de med förändrat DNA. De är samma personer som innan men döden förändrade deras DNA eftersom de inte längre har ett pumpande hjärta och blodomlopp längre. Så Ljusets dotter är med liv havande, en dotter och en son. De två första levande människorna kommer att födas och leva en tid i 26Riket.

Inte heller de två levande har samma DNA, trots att de har samma föräldrar, varför de inte är i släkt DNA-mässigt och kan därför gifta sig och para sig utan risker för inavelsskador. När dessa två kommande barn blivit tillräckligt mogna så kommer jag att öppna dörren för dem och när de inträder genom dörren får världen samtidigt liv. Träd, gräs, blommor, djur, människor och allt annat levande skapas samtidigt som de inträder i den nya världen.

Så alla ers uppgift framöver är nu att gemensamt lära de två barnen allt väsentligt som att läsa, räkna och skriva. Ni blir alla barnens faddrar och lärare. Under de närmaste 15-20 åren framåt ska ni berätta för barnen om livet, hur man bör leva samt inviga dem i läsandets konst genom att ge dem berg av böcker att läsa. Ju mer kunskap de har med sig, ju bättre värld förmår de skapa. Är de tillräckligt visa kan de kanske bygga en värld som består där människorna inte bekrigar varandra eller förstör jordens livsmiljö. Ni måste lära dem att tänka, men aldrig vad de ska tänka. Där är en avgörande skillnad. Ni måste lära dem att fritt tänka själva, att kritisk ifrågasätta varje så kallad etablerad sanning och människoskapad sanning. Att noga granska de "fakta" som framlagts som bevis för en sanning. Allt är inte guld som glimmar. Oftast är det inte ett uns värda utan bygger på ondskans fantasi och grova fördomar.

Den amerikanska stå-upp komikern George Carlin uttryckte sig förträffligt när han sade: Don't just teach your children to read. Teach them to question everything. The value of an education is not the learning of many facts but training the mind to think.

Ni måste undervisa dem om religion, om att dessa myter och sägner för att kontrollera folket och dess moral skapar hat och osämja samt obönhörligen leder till krig. Krig skapar vidare förödelse, massdöd samt miljöförstöring som ännu en gång förstör mänsklighetens och jordens livsförutsättningar. Så lär barnen historien. Lär dem att all religion är av ondo för världen så att de tillser att religioner aldrig mer kan uppstå och få makt över människorna och världen.

Ni måste vidare lära dem om människors värde, fri- och rättigheter, solidaritet, demokrati, jämlikhet, rättvisa, moral, etik, humanitet, empati och mänsklighet. Det är på dessa värden en ny värld måste byggas om den inte ännu en gång ska gå under.

Ni måste lära och visa dem i böcker om vad som behöver tillverkas och uppfinnas. För världen börjar varje gång om från början där vare sig elden eller hjulet ännu uppfunnits.

Adam och Eva kan inte ta med sig någonting från er värld. De kan bara bära med sig minnet av all kunskap de inhämtat. De går nakna in i den nya världen och måste direkt uppfinna enkla saker för jakt, fiske, eld, trädhantering, sömnad och skinnberedning m.m.

Ni måste lära dem att så och skörda mat. Ni måste lära dem att plantera plantor och träd. Ni måste lära dem att jaga och bereda föda. Att fiska med nät såväl som spö. Ni måste lära dem att fälla träd, bygga bo samt hugga ved och lagra till eldar. Ni måste lära dem att göra upp en eld för värme, för ljus och för matlagning.

Ni måste lära barnen att tillverka verktyg och jaktvapen av trä-, ben- och sten som exempelvis knivar för rensning av fisk och för att flå och stycka djurkroppar till mat samt bereda djurhudar till kläder. Att tillverka spjut, pilbågar och pilar för jakt. Göra yxor att hugga ner träd, kapa av grenar och hugga upp ved till brasor. Skapa grova redskap för matlagning. Nål och tråd för sömnad. Tillverka rep av slanor att fånga in djur m.m. Tillverka fällor och gräva gropar med skarpvässade spjut för att fånga djur att äta. Stöpa ljus av stearin, bivax och paraffin m.m.

Göra upp eld genom att snurra en spetsad pinne mot en plan träbit tills den genom friktionen fattar eld. Alternativt slå två flintastenar mot varandra som skapar gnistor och glöd i torra kvistar och strån för att få eld till ljus och matlagning.

Framförallt måste ni lära barnen om miljövård, att ta hand om jorden, att vårda och dra omsorg och låta jorden leva istället för att döda den med gifter och utsläpp.

Och mer, mycket mer praktisk tillverkning men det lämnar jag åt er att tänka ut och visa tekniken för barnen. För nu förstår ni säkert förutsättningarna.

Ert arbete kommer att bli långdraget och drygt för att tillsammans skapa de nya människor som ska ta världen i besittning och skapa förutsättningar för ett bättre liv. Ni måste informera barnen om att den dagen de går igenom dörren är de inte längre odödliga. De kommer att dö så småningom. De har 1 000 år till förfogande att leda de nya människorna i rätt riktning och tack vare den kunskap de bär med sig från denna värld också ge människorna en snabb utvecklingsstart.

Jag kommer att gå bort nu och på distans följa barnens utveckling och när jag finner dem mogna kommer jag och öppnar dörren enkom för dem. Ingen annan kan följa dem genom dörren. Öppnandet kan inte ske före deras 15-årsdag och inte heller senare än 20-årsdagen. De kan ha intimt umgänge innan de lämnar denna världen men Eva kan inte bli med barn förrän hon lämnat denna värld. Detta är reglerna vi har att förhålla oss till om vi vill att jorden ännu en gång ska fyllas med liv.

"Döden rör mig inte. Medan jag finns, finns den inte och när den finns så finns inte jag." Epikuros, antik grekisk filosof. Det intressanta i citatet är att vi heller aldrig mötte döden. Vi levde och sedan dog vi för att därefter vakna upp döda. Så vi upplevde aldrig dödens famntag. Döden var där medan vi dog men hade gått vidare innan vi vaknade döda. Varför han inte tagit oss med till sitt land var en fråga vi alls inte förstod till en början.

När vi hört Portalväktarens berättelse om att Mörkrets son och Ljusets dotter skulle framföda nytt liv och skapa en ny värld förstod vi varför döden lämnat oss därhän att skapa 26Riket vars olevande döda var de enda som kunde fostra det uppväxande släktet. "Någonting måste dö för att någonting annat ska kunna födas", var den krassa verkligheten. Vår tidigare död var en förutsättning för uppdragets fullföljande. Vår uppgift var att tillse att barnen fick rätt förutsättningar att skapa en hållbar, ny värld. Vi hade så fått ett syfte.

Sagor och berättelser som verktyg

Vi började med att fastställa ansvarsområden och vilka som skulle ansvara för vilka områden. Själv fick jag uppgiften som sagoberättare. Det var en viktig uppgift då barn har en förmåga att påverkas av och minnas barndomens sagor långt upp i vuxen ålder och komma ihåg berättelsernas sensmoral. Jag anpassade mina moraliteter alltefter de uppväxande barnens ålder och förståndsförmågor. Jag skrev och berättade hundratals sagor skrivna i avsikt att bygga upp barnens känsla för rätt och fel och ge dem otadlig moral. Berättelserna och sagorna var mycket populära och de renderade var och en, en skur av frågor från de båda åhörarna. Barnen levde sig verkligen in i berättelserna och ville ha allt förklarat som föreföll dom dunkelt. På så sätt lärde de än bättre in berättelserna och gjorde dem till sina egna.

Under åren skrev jag cirka 500 sagor eller berättelser med sensmoral i utbildningssyfte till barnen. Jag samlade dem i en stor bok som alltid låg framme och var tillgänglig för Adam och Eva att läsa i. Barnen tillbringade långa stunder nästan varje dag med att läsa berättelserna. Så fyllde också boken sitt syfte att delge barnen livskunskap att bära med sig i minnet till den nya världen.

Jag ska här bara återge tolv stycken uppbyggliga sagor som exempel på min del i Adam och Evas fostran till världsuppbyggare:

Sagan om det ruttna äpplet

One Bad Apple don't spoil the whole darn bunch, Oh I don't care what they say, I don't care what you've heard. Citat från låten One bad apple av The Osmonds

Det var en gång tre män som skulle till marknaden. Den första mannen kom fram till en säck med äpplen som fallit av en vagn och rullat ner i mjukt gräs. Mannen tog upp ett äpple, tog ett stort bett och svor högt och ljudligt över äpplets dåliga kvalité. Mannen kastade äpplet och gick vidare. Ett kort stycke bakom gick en annan man som hörde den första mannens svordom. När han passerade säcken med äpplen kastade han en blick på det kastade äpplet. Fnös och frynte på näsan

157

och gick vidare.

Ytterligare ett stycke bakom gick en tredje man. Han hade både hört och sett de två första männens reaktioner. När han kom fram till säcken med äpplen reste han säcken, tog en titt på de många, röda och saftiga äpplena varpå han lyfte upp säcken på axeln och traskade vidare till marknaden.

Mannen ställde sig strax utanför marknadsområdet och började sälja äpplena. Försäljningen gick som smort och snart hade han bara två stycken äpplen kvar när han såg de två vandrarna som tidigare ratat äpplena, närma sig honom. Han plockade upp de två sista äpplena och överräckte var sitt äpple till de två männen. Han bad dem smaka och bägge berömde den saftiga och goda smaken.

"Försäljaren" berättade för de båda männen att det var äpplena ur den säcken de ratat längs vägen till marknaden och visade den stora förtjänsten han gjort på försäljningen. Fulla av grämelse vandrade de två, tysta och dämpade männen bort från "försäljaren". Vad kan vi då lära oss av denna sagan? Jo, att aldrig låta ett eller ett fåtal "dåliga" äpplen ligga till grund för en bedömning av en hel grupps kvalité.

Och, vad är då sensmoralen med berättelsen? Jo, att alla grupper och kollektiv är som säcken med äpplen. Ett mindre antal "dåliga" äpplen kan förekomma men det innebär aldrig att hela gruppen av äpplen är dålig.

Likaså är det med människor. De enskilda individerna kan antingen vara av bra eller dålig kvalité men oavsett kan aldrig en individ bestämma en hel grupps kvalité. Det är gruppens sammantagna kvalité som måste bedömas och några enskilda som sticker ut negativt kan då inte sänka en hel grupps anseende. Det oavsett om gruppen innefattar exempelvis olika religioners utövare, ett folk, en ras, en sexuell läggning, ett kön m.fl.

Endast om merparten i en grupp är dåliga exemplar kan gruppen som sådan bedömas vara av sämre kvalité vilket dock inte hindrar att enskilda exemplar likväl kan vara av utmärkt kvalité.

Jag stal för hunger och svält

För hunger och svält stal jag, mat för att föda make och barn. När hungern sliter i tarmarna och man ser barn svälta och mannen bli allt svagare och sjukare för varje dag, spelar moral, lag och rätt allt mindre betydelse för att till slut upphöra helt. Du passerar en gräns, går över och vidare och gör vad du måste för dina egna.

Jag stal aldrig från vanligt, fattigt folk. Jag stal i affärer, i ladugårdar och på storböndernas fält. De jag stal ifrån hade råd. Det hade inte jag.

Varför stal då bara jag i familjen? Mannen var förlamad och sjuk, barnen var 2 och 4 år. Min man var bonde tills för två år sedan då han kallades in till krigstjänst. Kungen ville utvidga landets gränser och inta det rika, och som han trodde, militärt illa rustade grannlandet. Kungen hade fel. Fienden var starkare och dödade och skadade svårt våra stridande soldater. Min man kom hem utan ben efter att ha fått kallbrand. Det var min tur att sörja för familjen.

Vad skulle jag då göra? Jag hade ingen utbildning, ingen kunskap eller kompetens. Jag var hemmafru och mitt liv hade varit att ta hand om vår hydda, städa, laga mat samt leka och passa barnen. Så var det för alla kvinnor i vårt fattiga land. Vi kunde inget annat än att ta hand om och dra omsorg om vår familj. För oss var det nog. Vi visste inget annat liv. Vi kände ingen annan verklighet.

Jag funderade länge på alternativen. Arbete var uteslutet. Vuxna kvinnor ägde inte rätt att arbeta eller studera. Det som fanns kvar att välja på var hora eller tjuv och till hora var jag för ful. Så, det fick bli tjuv.

Kan det då ursäkta min stöld? Finns det omständigheter som gör att det felaktiga, det som direkt strider mot vår moral, någonsin blir ok? Jag visste att stjäla från andra var förbjudet enligt lag. Jag visste inom mig även att det var djupt moraliskt fel att stjäla. Jag valde att göra det ändå. Att för egen del överträda gränsen mellan rätt och fel.

Jag gjorde det för att kunna sätta mat på bordet. För att stilla mina barns och min mans hunger och för att därmed i förlängningen rädda deras liv. Nöd ger nya, andra och fler perspektiv. Man upptäcker att det strålar ljus från mörkrets stjärnor såväl som ljusets. Det är bara ett annat sken från de mörka stjärnorna och det kostar så mycket mer av ens själ att vandra mörkrets vägar. Men det går och man lever med det.

Under tiden jag stal växte våra barn upp och 8 år senare var bägge ute och arbetade. Pojken vaktade får och flickan städade för nästan ingenting, svart, hos en så kallat "finare familj" och jag återgick till att sköta hem, mat, städning och ta hand om min man.

Sensmoralen i berättelsen är att människor många gånger inte råder över sina livs omständigheter. Många är så fattiga att den minsta olycka kastar dem över avgrundens kant där inga lagar och regler längre gäller. Är det rätt eller fel att som kvinnan stjäla mat för att hålla de små barnen och den handikappade mannen vid liv? Alla livets val görs inte utefter moral och etik. Ibland tvingas människorna välja vad hjärtat säger är rätt. Ibland måste lagen ge vika för något större och ädlare.

Sagan om Mustafa och Fatima

Jag, Mustafa, var nio år fyllda och jag tog hand om min lillasyster Fatima, 7 år. Våra föräldrar var dödade, mördade. Våra far- och morföräldrar likaså. Vår bostad bombad till grus. Kvar är jag och jag måste skydda min syster från nedfallande bomber och granater i ruinerna av det sönderbombade sjukhuset. Vi tar oss till stadens soptipp varje dag för att rota fram tillräckligt med ätbart. Matleveranser är förbjudna att komma in av fienden.

Vi trampar runt alla lik som ligger utspridda på gatorna. Kvinnor som varit någons maka och några barns moder. Män som stridit för vårt land och män som skjutits ihjäl obeväpnade. Pojkar och flickor i orimliga och fasansfulla mängder. Allt är sorg och död. Men vi levande måste ändå försöka hålla ut ännu en dag och därefter ytterligare en dag. Min syster frågar mig varför vi måste härda ut och för varje dag blir det allt svårare att finna på ett förnuftigt skäl för att fortsätta att leva.

Sensmoralen i berättelsen handlar om att ta hand om sin syster eller broder. Den som är stark sörjer för den svagare. Det handlar om omsorg över de du lever tillsammans med i en familj eller i ett större kollektiv som inom 26Riket. Det handlar också om att ibland är livet och livets omständigheter så hemska att det knappt går att ta in dem. Du måste bara överleva en dag till, dag för dag tills livsvillkoren förändras till det bättre. Längre perspektiv orkar ingen ta in i sådana lägen.

Och stjärnan i Betlehem lyser ej längre över det sönderbombade stallet i Betlehem…

Till rytmen av olika trummor

Vi färdas genom livet till rytmen av olika trummor. Vi väljer olika vägar och träffas därmed allt mer sällan tills vi aldrig mer möts. Vi har olikgjort varandra.

Vi träffar så nya bekantskaper som tycks oss närmare men som likväl även de färdas efter andra trummor än vi själva. Vi kan ju inte själva stämma de trummor vi färdas efter.

Men en dag träffar du en person som du känner är rätt person att följa dig längs vägen fram till slutet. Dock är inte heller han en person som vet hur man stämmer en trumma. Men om ni följs åt längs vägen och älskar varandra över tid så kan han bli det han aldrig varit. Han kan växa och utvecklas som människa under färden i ditt sällskap.

Under tiden han växer, utvecklas även du som två människor som älskar varandra gör av kärleken dem emellan. För två som älskar lyssnar in och lyssnar av sin älskade och slipar sin personlighet mot varandra. De växer omärkligt mot varandra, in i varandra tills de en dag inser att de färdas till rytmen av samma trumma. Då förstår ni också var och en att det finns ingen som kan stämma en trumma att vandra efter. Det är ni själva, era väsen som stämmer trumman i samklang.

Sensmoralen handlar om att alla människor är olika och gör olika val i livet. Ingen vet i förväg vad som är rätt eller fel val. Det visar sig först längre neråt vägen. Men varje människa måste få göra sina egna val och forma sin egen framtid. Det kanske inte blir rätt första gången men en dag kommer personen att välja rätt. Man kan även se på berättelsen som människans försök att hitta den perfekta livskamraten. Det finns inga perfekta människor. Men om det finns både stor kärlek och god vilja mellan två människor så kommer de att kompromissa, slipa till sina vassa kanter och anpassa sina liv till varandra så att förälskelsen övergår till att älska varandra.

Själv är värsta fångvaktare

Vi tuktar våra tankar, vi förminskar våra liv. Vi anpassar våra liv, vårt handlande och våra ord utefter vad som är politiskt korrekt eller vad samhälle och makthavare påbjuder. Även i de fall där majoriteten av befolkningen har en avvikande åsikt från makten och media löper vi in under maktens upprätthållna paraply, kryper ihop och gör våld på vår själ, vår moral och våra tankar. Människor idag bygger enträget sina egna burar. Burarna byggs hållfasta mot allt personligt och egentyckande samt mot allt det socialt eller politiskt avvikande. Stängerna till buren bestäms vara av härdat stål och dörren till buren skall bestå av minst 1 meter tjock pansar. Buren skall ju vara rymningssäker så att vare sig tankar eller person någonsin förmår rymma eller ta sig därifrån. Det är en bur byggd för en persons hela liv.

I buren låser ägaren in sina tankar, sitt samvete, sin moral och sin rättskänsla. Detta så inget som helst brus stör personens officiellt tillåtna åsikter och ej heller de ordval som etablissemanget fastställt ska vara giltiga. När bygget så är färdigställt sprider sig en varm, trygg känsla genom hela den mänskliga burfågeln. Människans kropp är nu omformaterad, tömd på farligt innehåll och den arbetslösa hjärnan har ställts i permanent standby.

Så är då burfågeln redo att möta världen i all sin menlöshet och sin fullständiga politiska korrekthet. I sin förminskade och avpersonifierade gestalt. Redo att annektera sin personliga klättergroda och inleda sin bumpfria karriär. Han vet att han aldrig mer kan välja fel åsikt, säga obekväma ord eller göra någonting avvikande. Allt han efter omformateringen kan ta till sig kommer direkt in via det chip han låtit operera in och som bara staten kan programmera med lämplig information. Han är trygg såsom den ofria burfågeln är. Allt han saknar är åsikter, liv och frihet… *Människor och burfåglar fängslas av samma anledning. För att vi talar.*

Sensmoralen är att vi måste bygga samhällen med så mycket hög och fri himmel att människorna både kan flyga och andas fritt i samhället. Vi måste vid varje samhällsbygge sätta de mänskliga fri- och rättigheterna främst. Varje människa ska utan att känna rädsla kunna tänka, tala, måla, och skriva vad den vill så länge den inte förolämpar eller skadar andra. Ingen ska behöva frukta att staten ingriper vid felaktiga ord, tankar eller åsikter. För då har samhällsbygget fallerat och omtag krävs.

Pennsoldaten

Så fann jag till slut min röst. Jag fann form och metod och arbetet kunde börja. Jag har bestämt min inriktning och valt mitt vapen. Jag valde pennan. Jag ställde min penna i folkets, frihetens och rättvisans tjänst. Min uppgift var att försvara frihetens och rättvisans principer.

Nu är kriget min verklighet, min vardag. Ett utdraget skyttegravskrig där bara centimeter för centimeter går att vinna. Drag och motdrag. Avancera, retirera, omgruppera för att gå till förnyat anfall med vässade argument och skarpare ord. Kriget handlar uteslutande om uthållighet och hängivenhet. Mest vinner. Skrift slår svärd och talade ord.

Ni må kalla mig naiv men jag tror fortfarande på skriften och ordens förmåga att förändra världen. Jag tror verkligen att pennan är ett skarpare och mer förödande vapen än någonsin geväret eller svärdet. Och så länge jag håller fast vid den trossatsen, kommer jag att försöka förändra, förbättra och fortsätta att skriva. Oavsett om jag lyckas eller ej så skadar det ingen, allra minst mig själv. Då jag anser att skriva är ett privilegium. Få förunnat. Jag är helt förnöjd med att skriva. Man blir ju vad man gör och i mitt fall innebär det att jag är författare och pennsoldat. Vad mer kan en människa begära?

Och vore det även så att kampen för frihet och rättvisa aldrig kan slutgiltigt vinnas så måste striden likväl ständigt utkämpas. För motsatsen att ge efter och låta det onda vinna och ta över är inget alternativ. Det skulle innebära att friheten kvävs, att fru Justitia fängslas och kuvas och till och med mördas. Att media, poeter och författare tystas. Att slaveriet återinförs och att orättfärdighetens mörker faller över oss och att tyranneriets 1000-åriga rike är här.

Så i pennan bor motståndet. Pennan är mitt vapen, mitt instrument. Jag för, jag spelar på och dödar med pennan. Jag lever i, med, genom och tillsammans med pennan. Jag är pennan. Jag är kriget. Jag är vapnet som aldrig låter ondskan och mörkret vinna.

Jag krigar med mitt intellekt, mitt brinnande hjärta och min själ. Jag vässar min penna med hängivelse. Jag strider med mitt utvalda svärd. Min penna hugger och sticker hål i min fiende och hans argument.

Jag har köpt mig en stadig spade och jag har grävt länge och djupt. Jag har grävt en skyttegrav och fyllt upp med proviant för årtionden framåt. Jag har förberett mig mentalt för ett utnötningskrig som kan pågå i decennier. Men jag har ingenting annat att göra. Jag skall ingenstans. Jag stannar här, för denna kampen är mitt liv och min sista stora strid och den skall jag kämpa ut!!

Sensmoralen är att ibland måste vi stå upp och kämpa för det som är rätt. Det onda och felaktiga får aldrig vinna och leda världen in på ett felaktigt spår som kanske aldrig går att backa. Ett krig kan leda till ond bråd död i masstal, säger någon. Ja, det är korrekt men ibland är det likväl nödvändigt för att rädda världen och samhället och föra det tillbaka på rätt väg. Allt kommer inte gratis. Ibland måste man bara stå upp, göra motstånd och nedkämpa ondskan innan det är för sent och inga vägar bakåt längre finns. Korrigering i förväg till vilket pris som helst.

Vi har de friheter vi kämpar för och förlorar dem vi inte försvarar – Salman Rushdie

Den som skriver krigar - Francois Voltaire

164

En av de som vågade stå emot

En dag tog nazisterna makten. Denna gången kallade de sig dock inte nationalsocialisterna utan ....demokraterna. De är dock ett och samma gäng fast de uppträder under olika namn under historien. De kloka låter sig dock aldrig luras.

Massorna jublar så länge förföljelserna eller avrättningarna inte drabbar dem själva. Vad bryr de sig om solidaritet mellan människor och mellan folken? Vad bryr de sig om judar, färgade, muslimer eller romer m.fl.? Inte alls då de ej tillhör grupperna. Ty så är människan funtad att de förträngt sin egen historia. De ser inte mönster eller tecken utan ser bara honungen i djävulens mun. Så var det även i Tyskland. Nazisterna kom till makten genom folkets val sedan hölls aldrig mer några fria val...

När de väl vunnit valet dröjde det inte särskilt länge förrän alla andra partier förbjöds att verka och deras medel och värdesaker beslagtogs i razzior. De var ingenting vi inte visste skulle komma. Det var helt efter traditionellt mönster. Därefter förbjöds fackföreningar. Religioner med utländska ursprung såsom judendomen och islam förbjöds och tvingades stänga ner sina helgedomar. Media med annan ideologisk agenda förbjöds och stängdes ner liksom alla hemsidor och poddar som inte stödde regeringspartiet. Oliktänkande varnades men ännu hade inte avrättningar eller frihetsberövande följt på varningar, förbud och nedstängningar. Folk, organisationer, media, poddar, hemsideägare följde alla order, bröt rygg och förrådde sig själva där de krälade i stoftet för de blanka, svarta stövlarna.

Så kom då det första propagandavalet. Det var självklart inte ett fritt val då det bara fanns maktpartiet att rösta på. Valet var inte heller frivilligt det var med dödsstraff påbjudet att rösta. När jag hörde detta hot på TV måste jag medge att inte minsta darrning eller skälvning gick igenom min kropp då jag direkt beslutade att inte gå och rösta på ett parti jag djupt föraktade och avskydde. Kosta vad det kosta vill.

Jag gjorde inte heller så och på kvällen efter valet sparkades som väntat dörren in och vrålande soldater trängde in och fyllde min lägenhet till sista millimetern. De bar med sig en röstsedel och gav mig order om att lägga min röst framför dem via ett kryss på valsedeln. Jag vägrade. Då hotade de mig med arkebusering. Jag skrattade åt dem och undrade om de verkligen inte hade mer fantasi än att utrota folk som inte stödde deras politik. De förde bort mig med våld.

Jag var stolt över att vara en av de som vågade stå emot, som inte rättade in mig i det långa ledet av medlöpare utan istället vägrade lyda order och nekade dem mitt stöd genom att inte rösta på fascismens och nazismens kreatur. Jag dog den kvällen när 22 skarpa kulor genomborrade min stolta kropp. Jag vägrade ögonbindel då mina mördare skulle tvingas se mig rakt in i ögonen. Jag dog stående och inte på knä. Jag var en av de få som vågade stå emot.

Sensmoralen är att onda stater har och alltid kommer att uppstå med korta eller långa mellanrum. Onda människor kommer att väljas eller gripa makten och skapa skräckvälde genom att fängsla, döda eller utrota grupper av misshagligt folk. När en stat förtrycker dess befolkning är det en en plikt för de rättfärdiga människorna att sätta sig upp mot väldet och våldet och störta det i gruset. En person kan inte fortsätta vara människa utan att organisera och göra motstånd under sådana förutsättningar. Ibland måste motståndet skapas och bildas när tecknen är där att en grupp människor tillsammans kommer att utsätta andra för just fängelse, våld eller ond bråd död. Det är alltid lättare att förebygga en diktatur än att störta den. Så var alltid vaksam på tecknen i tiden och agera snabbt när de är för handen.

Hon drömde om eld och bål

Redan som litet barn drömde Annelie om eld och bål. Hon visste tidigt att eld och bål var hennes ofrånkomliga öde. Dock visste hon ingenting om hur, när och varför det var så.

Tidigt kom hon även i kontakt med historien om Jeanne d´Arc. Jeanne var en kompetent, stark och osedvanligt framgångsrik kvinna som däri-genom fick många mäktiga fiender – kyrkan, prästerskapet och generaler.

Hon ledde sin här av män som var beredda att följa henne i döden. De vann slag efter slag och följde sin ungkvinnas alla order och steg. Blint lojala. Fienderna sa hon var förmäten, förhävde sig och de brände henne på bål för att hon talade med Gud. Men den verkliga orsaken till hennes fall var en annan. Det var den växande personkulten kring hennes person som hotade såväl statens som kyrkans makt över folket och därutöver för att hon var en stark kvinna i en totalt mansdominerad värld. Av dessa skäl brände de henne levande för kätteri.

Dock lever hon 600 år senare fortfarande, kvar i människors hjärtan, minnen, sinnen och drömmar. För du kan aldrig döda en frihetskämpe. Hon kommer att leva i folks hjärtan och växa sig allt mäktigare och starkare. Hon blir en martyr, en symbol för själva kampen. Hon är själva kampen.

Annelie tog till sig historien och glömde den aldrig. Hon utbildade sig till journalist och bar Jeanne d'Arc med sig i arbetet som en förebild. Hennes drömmar om eld och bål blev allt färre för varje år som gick men de förekom fortfarande. Hon grubblade också mycket just kring bål. Idag är det längesedan människor brändes på bål så hon hade därför svårt att ta till sig drömmen. Det kunde ju helt enkelt inte vara ett förebud då sådana straff var utrotade.

Annelie byggde sin karriär genom stor skicklighet, stort mod och utpräglad rättskänsla. Hon hade likt en skicklig fotbollsspelare förmågan att vara på rätt plats, vid rätt tid och vara den mest insatta reportern i varje ärende hon skrev om.

En dag svarade ett land på en terrorattack med helt oproportionellt, dödligt våld, främst riktat mot civilbefolkningen. Journalister dödades, skolor och sjukhus bombades, bostadsområden lades i ruiner. Kvinnor och barn var måltavlorna i första hand. Annelie tog självklart ställning för folket som utsattes för närmast systematisk utrotning. Hon skrev en välunderbyggd artikel med historisk bakgrund såväl som ingående fakta kring antal skadade och dödade på respektive sida. Artikeln fick en enorm spridning såväl nationellt som internationellt och reaktionerna lät inte vänta på sig.

Kommentarsfälten på olika sociala medier fylldes ögonblickligen med oerhört hatfyllda kommentarer. Personangrepp fyllda med olika former av olaga hot mot hennes person. Hot om våldtäkt, misshandel, hembesök och direkta hot mot hennes liv. Hennes namn, foto och hemadress publicerades på privata konton. Hennes man och barn hängdes ut och hennes arbetstelefon och mobil ringde konstant varvid okända människor hotade henne till livet och ingående berättade om vad de ville göra med henne.

Hon kallades upp till chefredaktören som blivit uppringd av utrikesministern, statsministern och försvarsministern som samtliga gav order att hon skulle skiljas från sin post med omedelbar verkan utan lön. De stod i sin tur i förbindelser med andra nationers statsöverhuvud som hotade att avsluta alla förbindelser med landet om hon inte fick sparken efter att ha skrivit en ursäkt innehållande en "rättelse" om omständigheterna kring konflikten.

Chefredaktören delgav henne fakta omkring vad han fått order om. Annelie förstod fortfarande ingenting. Hon ansåg att hon skrivit en helt korrekt och genomlysande artikel i ämnet som hon inte ämnade vare sig be om ursäkt för eller rätta då artikeln var fullständigt korrekt. Hon hade gjort jobbet och hade tagit rätt ställning enligt sin utpräglade rättskänsla som chefredaktören tidigare alltid högaktat henne för men nu ville att hon skulle schavottera för?? Chefredaktören svarade att då hade han inget val. Hon fick sparken med omedelbar verkan utan lön.

Hon körde till sin bästa väninnas arbete. Fick nycklarna till hennes ensligt belägna hus med löfte om att väninnan aldrig skulle berätta vart hon tagit vägen. Hon körde till mannens arbetsplats och gav honom instruktioner om packning samt adressen till huset de skulle fly till. Hon hämtade barnen på dagis och i skola och körde direkt till huset. Mannen anlände några timmar senare med bilen full av packade resväskor samt proviant för en lång evakuering. Han hade också köpt två mobiler med ospårbara kontantkort så att de kunde hålla sig a´jour med utvecklingen och ha möjlighet att kontakta viktiga personer.

När hon hunnit sjunka ner och tänkt över situationen slog det henne plötsligt. Detta var hennes mardröm om eld och bål. Den dröm hon alltid drömt. En modern version av brännandet av Jeanne d'Arc. Hon hade bestigit bålet. Lågorna svedde hennes kropp. Hennes liv, hennes karriär gick upp i eld och lågor. Bara aska återstod.

För ett mediadrev idag har samma effekt som en bålbränning förr. Bålbränningen har bara bytt karaktär, sker på andra vis och kallas någonting annat idag. Men tag aldrig miste. Det är samma människosort som gör samma sak mot de förföljda som prästerna gjorde emot Jeanne d'Arc och de påhittade häxorna.

Anneli var bannlyst och fredlös. Hon var persona non grata. Hon var ingen och ingenting alls. Hon fanns inte mer och skulle aldrig mer erhålla ett journalistjobb. Ingen ville komma henne nära eller ta i henne med tång. Hon var pest, kolera och digerdöden i en och samma gestalt.

Anneli hade varit en stark, inflytelserik kvinna med stort stöd från folket på grund av sin integritet och sitt rättspatos. Nu hade staten offrat henne, bränt henne på bål och fråntagit henne levebrödet. Hon skulle för alltid leva under dödshot...

Men Anneli skulle resa sig som en Fågel Fenix ur askan igen. Under den sekretessbelagda pseudonymen Jeanette Arksson skulle hon komma att skriva en rad politiska böcker. Utgivna av ett utländskt förlag. Så segrade aldrig förtrycket. Hon fann liksom vattnet istället en ny väg och rann vidare som om ingenting hade hänt. Hon slutade även drömma om eld och bål...

Sensmoralen är att ett samhälle, en stat skall alltid vara till för de egna medborgarna och ha en skyldighet att i första hand agera till medborgarnas bästa. När världen blir kaotisk måste staten agera med medborgarnas bästa för ögonen och inte sluta unioner med tveksam agenda. Det är lätt att lyssna på en högljudd opinion eller lägga sig platt för en stat för att hålla sig väl med annan stat och kanske vinna fördelar. Men är inte syftet rätt från början och/eller missgynnar de egna medborgarna skall avtal, unioner och samarbeten tillbakavisas. Varje stat skall alltid ha en absolut skyldighet att i första hand agera med de egna medborgarnas bästa för ögonen.

Jag var en 19-årig hacker som hackade mig in i olika myndighets-system. Inte för att stjäla information, inte för att plantera virus och inte heller för att förstöra program eller liknande. Det var en akt av att göra det för jag kunde och ingenting annat.

Dock åkte jag till slut fast. Jag hämtades under stor uppmärksamhet från min lilla lägenhet av en insatsstyrka och fördes till ett undangömt kontor i en nerlagd fabrik. Där informerades jag om den massiva bevisningen emot mig.

Jag fick ett val. Antingen spenderade jag 30 år i fängelse för spioneri eller gick jag med på att arbeta för staten i 40 år framåt med full lön och bostadsförmån. Akilleshälen var att jag de 10 första åren måste leva med fotboja. Valet var självklart. Jag valde friheten att vara ute och göra mitt vanliga hackande mot full betalning. Det var ju utma-ningen att kunna ta sig in var jag ville som var mitt intresse. Jag kunde därför lika gärna arbeta för staten med lön som att jag utan ersättning hackade samma system.

För mitt arbete för staten skulle vara närmast exakt detsamma som jag tidigare gjort för nöjes skull. Jag skulle hacka mig in i främmande länders olika system. Dock skulle jag därutöver placera spionprogram och/eller hämta information ur systemen.

Jag transporterades tillsammans med mina tillhörigheter från min gamla lägenhet till en ny bostad på 3 rum och kök. Vardagsrum, sov-rum samt arbetsrum. Lägenheten var övervakad av kameror överallt utom i sovrummet och hade störningssändare för mobiler och dator inbyggt överallt utom i arbetsrummet och själv var jag iklädd fotboja med gps.

Så började mitt nya "liv". Jag hackade mig in i främmande länders olika system och hemsidor. Planterade spionprogram och hämtade ut önskad information. Jag gjorde exakt detsamma som jag tidigare gjort illegalt, med den enda skillnaden att jag placerade spionprogram och hämtade ut information för mitt hemland och att mitt arbete var riktat

170

mot främmande länder och ej längre mot mitt hemlands myndigheter...

Efter ett tag började tveksamma tankar slå rot. Var detta arbete jag utförde verkligen ok bara för att det riktades mot andra länder? Tillämpar vi olika måttstockar gällande oss själva och andra länder? Gäller denna olikbehandling även andra företeelser? Att det som är ok att göra mot andra länder inte är ok om det riktas mot oss själva? Mot vårt land? Lever vi utefter olika moralregler när det gäller andra och oss själva? Är detta i så fall inte dubbelmoral och rent hyckleri? Vad tycker ni?

Sensmoralen här är att det som är rätt är rätt och fel är fel oavsett skeende. Vi måste alltid följa samma måttstockar och moral för samma handlingar. Konsekvens är alltid själva förutsättningen för rättvisa och jämlikhet. Vi kan aldrig tillämpa eller tillåta olika regler gentemot olika länder, människor eller grupper. Bara för att vi själva kan tyckas gynnas av ett specifikt handlande så kan ett fel aldrig förvandlas till ett rätt. Du kan inte tumma på rättvisan. Den är absolut.

Fördöm icke tiggaren

Hys aldrig fördomar mot någon. En konung kan visa sig vara en förklädd diktator. En sultan kan vara en terrorist. En hemlös kan vara en prins. En tiggare kan vara en journalist eller författare som skaffar sig material för ett reportage om tiggares villkor i samhället.

Vad vet du om att en person inte är en oupptäckt poet, författare eller konstnär som efter sin död ska blomma ut och växa sig himmelstor? Kontentan är att du aldrig kan vara säker på vad och vem en annan människa är. Personen kan vara någonting helt annat än vad du ser för blotta ögat. Och oavsett om en människa visar sig vara förklädd eller ej, varför skulle du fördöma tiggaren eller den hemlöse? Han/hon har väl inte gjort dig någonting och förresten så står du bara ett pinnhål högre upp och kan när som helst falla?

Olycka och orättfärdighet träffar ibland helt blint. Du äger ingen försäkring eller har några garantier som hindrar dig från att falla hårt från samhällets topp ända ner till samhällets nedersta lager. Vem vet om inte du en dag rentav sitter bredvid tiggaren med din kopp framsträckt? Och vad vet du om orsaken till tiggarens eller den hemlöses belägenhet? Om du hade vandrat i hans kläder – vad säger då att ditt öde hade blivit annorlunda? Vi är alla så god som en ann och ingenting mer eller annat. Så tro dig aldrig förmer eller bättre! Var ej förmäten.

Sensmoralen är att vi aldrig egentligen känner en annan människa. Vi vet inte vilken historia som ligger bakom en människas öde. Vi vet inte vilka drömmar eller tankar som ryms bakom personens panna. Även en tiggare kan ha ett förunderligt rikt inre. Även en hemlös kan en gång ha varit något stort. Döm aldrig människor utefter deras yttre. Där kan finnas så mycket mer som du aldrig kan ana.

Den röda bollen

Det var en gång en saga om en ensam röd, studsande boll. Den första gången jag såg den röda bollen var jag i femårsåldern och den kom studsande ner ifrån mormors trappa. Den stannade liksom upp och studsade på stället och det kändes som den iakttog mig. När jag och mamma kom fram till dörren till farmor och ringde på öppnade min morfar, tog oss båda i handen och ledde oss in. Han bad oss att vi skulle sätta oss i soffan och sedan berättade han gråtande att mormor just somnat in.

Två år senare återsåg jag den röda bollen när den kom studsande ut ifrån grannhuset. Jag tänkte inte mer på det förrän mamma på kvällen berättade att våran granne fröken Andersson på eftermiddagen stilla somnat in efter en längre tids kamp mot cancer.

Jag tänkte länge och mycket på den röda bollen och döden. Var det verkligen en slump att jag två gånger sett en röd boll komma studsande ifrån ett hus där någon just dött? Jag beslöt att det måste varit en slump då självklart ingen röd boll kan ha något samband med dödsfallen. Det måste ju vara en ren tillfällighet.

Vid 21 års ålder skulle jag besöka min äldre syster på sjukhus där hon hamnat efter att ha blivit svårt misshandlad av sin man. Jag drabbades direkt av onda aningar när jag öppnade dörren till vårdavdelningen och den röda bollen studsade förbi mig och fortsatte nerför trappan. Mycket riktigt hade min syster just dött av inre blödningar efter att ha tillfogats ett stort antal slag och sparkar av sin man.

10 år senare när jag var på besök i barndomshemmet visade pappa mig stolt en tennisboll som var undertecknad av den berömda baseboll-spelaren Babe Ruth. Han sa att han en morgon hittat den på gräs-mattan och beslutat sig för att behålla den. En kall rysning drog genom hela min kropp när jag såg att det var samma röda boll jag tidigare sett vid tre tillfällen. Jag frågade genast pappa om han mådde bra? Ja, jag har precis varit på min årliga hälsokontroll och alla värden var bra. Bara tre månader senare avled pappa efter att de hade upp-täckt en stor tumör med metastaser i magen. Cancern var mycket aggressiv och förloppet väldigt hastigt. På sängbordet bredvid bädden låg den röda tennisbollen…

När jag fyllde 38 år körde jag hem från ett möte i Stockholm när det plötsligt blev ishalka och jag körde rätt in i en lastbil bakifrån och hamnade på operationsbordet med svåra komplikationer. Jag vaknade upp på intensiven och läkaren berättade för mig att de opererat mig under fem timmar men nu var jag stabil och skulle bara ta det lugnt. Det förelåg ingen fara längre för livet. När läkaren öppnade dörren för att gå kom en röd tennisboll instudsande och hoppade upp i min säng. Jag tog den i min hand och visste det var kört.

Sensmoralen i sagan är att allt som är sant kommer inte att kunna ledas i bevis. Men det du sett med egna ögon inte bara en gång utan flera kan helt enkelt inte vara slumpen. Ibland måste en människa helt enkelt lita på sig själv och sina ögon och iakttagelser. I sagan ovan säger fakta entydigt att det handlar om en serie olyckligsaliga omstän-digheter som samverkat men att ingenting tyder på att brott eller några andra omständigheter som ger upphov till misstankar eller samband föreligger. Det kan kallas slump eller ren otur.

Personen i sagan däremot besitter egen information och kunskap som efter fem olika fall inte kan vara slumpen, ödet eller utgöra sammanträffanden. Det är helt enkelt för många gånger samma sak föregåtts av en faktor i fallet som utgör upphovet. I sådana fall måste varje drabbad person lita på sitt eget omdöme och handla utefter.

Lärdomen utgörs av att allt som är fakta kommer inte att kunna ledas i bevis men det du sett med egna ögon som ej kan vara slumpen måste du alltid lita på. När ingen annan gör det – lita på dig själv och dina ögon och iakttagelser. Även om du är ensam om att tro på vad du sett så backa inte. Du vet vad du vet och det finns mycket mellan himmel och jord som aldrig kommer att kunna förklaras.

Är du förresten säker på att berättelsen var en saga???

Varför tåla de så illa de vilda fåglarnas flykt?

Utgångspunkt för nedanstående text är ett citat från den finlands-svenska poeten Elmer Diktonius som samtidigt bildar rubriken nedan för artikeln:

"Blott tama fåglar längtar – Vilda fåglar flyger!"

Frihetsälskande folk och personer har genom alla tider varit förföljda, bannlysta och utstötta. De har inte förföljts för att de varit kriminella och begått brott. De har kriminaliserats för att de varit fria, frilevande.

För fria individer och grupper är farliga och hotar själva samhällets bestående. Ty frihetskärlek har krossat imperium, betvingat diktaturer och vunnit världskrig. Vinner den rot kan inget den besegra. Vare sig kärnvapen, propaganda eller krigsmakt kan tysta det folk som vill friheten. Därför och enbart därför måste idébärarna förföljas, tämjas och slutligt förgöras innan de besmittar "tamboskapen". Innan de inspirerar de tama fåglarna att odla vingar och fritt svinga sig i vinden.

Frihetens varelser har haft många namn, gestalter och skepnader genom historiens lopp. Vi är det fria, vilda och otämjda. Vi är de ylande, rusande vargarna i skogen. Vi är beduinerna fritt strövande i öknen. Vi är de präriesprängande indianerna. Vi är de över Asiens slätter framrusande barbarerna – mongolerna. Vi är de oupptäckta stammarna i ur- och regnskogen. Vi är de ständigt hemlösa romerna i vagnar längs okända vägar. Vi är de vilt framrusande genom tiden och livet. Det är vi som är de vilda fåglarna som flyger över skyn!

Vi är obetvingliga, vi är ohejdbara. Vi är de vilt levande och galna. Vi är de sista heliga. Vi är de sista hedningarna. Vi är de alltigenom fria.

Vi älskar med vinden. Vi trotsar och rider på stormen. Vi erövrar skogarna och skördar fälten. Vi rasar över bergen och sjunker igenom dalarna. Vi rider rätt in i solen och betvingar regnet. Vi korsar helvetet, nedkämpar demonerna, skrattar med gudarna och festar med änglarna.

De tama fåglarna kommer aldrig lyfta mot skyn. De hatar oss och själva frihetens idé. De är vingklippta ock skola för alltid längtande och drömlöst markbundna, släpa sig fram emot sin egen död. Därför tåla de så illa de vilda fåglarnas flykt. Därför, hatar de oss.

Så för vår frihets skull måste också vi släpa vårt kors på Golgata och förhånas, bespottas och stenas av pöbeln. För att slutligen dö. Ty för friheten må vi kämpa och för friheten må vi dö.

Men vad är döden? Den är ingenting. Den betyder ingenting. Den är blott det pris vi betala får, för friheten att vara det och de vi är.

Sensmoralen är att ett samhälle behöver bestormarna, visionärerna, drömmarna, poeterna och konstnärerna. De är tillvarons ovärderliga salt. Så länge vi vårdar dessa grupper av människor riskerar aldrig samhället att bli alltför auktoritärt. För dessa de udda, som ofta lever utanför eller vid gränsen till samhället, är de som håller oss alla andra i schack och minner oss om hur ett liv och ett samhälle ska och kan vara.

Öppet och fritt för att drömma och bestorma. Utan drömmarna och visionärerna finns inget skapande och när skapandet försvunnit från samhället tar de auktoritära över och skapar inskränkande lagar som stänger oss alltmer inne intellektuellt och i vardagens liv. Våra själar förvandlas till tomma kärl och vi dör långsamt pö om pö. Vi behöver alltid de udda. De i tillvaron vilsna och sökande.

Låt oss vara ifred. Vi äger det vilsna. Det vilsna är vår egendom. Det är en stor märkvärdig egendom. Den vetter ut åt stjärnorna, ut åt skogarna och haven, de vandrande vågorna och vildsådda blommorna.
Harry Martinsson

Den sista människans sista ord

Det kunde vi inte ana att det sista tåget redan hade gått. Veckan därefter gick den sista bussen och vägarna från staden fylldes allteftersom av allt fler övergivna bilar. Lämnade för alltid då det inte fanns mer bensin. Några månader senare såg vi den sista nyhetssändningen, sen fanns det inte längre någon el. Världen blev mörklagd. Inga lampor lyste längre upp gatorna och ej heller bostäderna. Dagen efter började de översvämmade haven krypa allt närmare staden och översvämma ytterkanterna. Mannen och hans hustru kastade ner de sista matförråden och drog till fots ut ur staden och bort mot bergen. Marken var sedan länge stenhård och sprucken, inget hade på avsevärd tid kunnat odlas. Det var femtiofem grader varmt, eller varmare, varje dag och grundvattnet kunde inte längre tränga upp till människornas värld.

På vägen mot bergen samlade de vatten i den nästan helt uttorkade jättesjön. De kom fram till bergen på kvällen och började klättra upp mot de gamla grottorna med de första målningarna som gjordes av människorna. Nu var det nästan över. När det kommit så högt upp såg de att vattnet tagit tillbaka hela världen så långt de kunde se och fortsatte stiga hela tiden. Vi har kanske någon dag på oss, sa han, men inte mer.

På kvällen pratade de om när de var unga på 1970-talet när de första klimatvarningarna kom. Det sades att om vi inte drastiskt ändrar vårt levnadssätt kommer vi inte att överleva. Det blir växthuseffekt, glaciärerna och isarna vid Nord- och Sydpolen samt Grönland smälter. Värmen höjs efterhand alltmer. Marken spricker och det blir allt svårare att odla mat för grödorna kräver alltmer av vårt dricksvatten på grund

176

av extremvärmen. Betesmarken torkar bort och djuren dör ut. Kort sagt: Det blir alltid värre innan det blir ännu värre.

Men människorna lyssnade inte. Många var direkt hånfulla och skrattade åt varningarna och påstod att det inte fanns någon växthuseffekt. Att allt bara var skräckpropaganda medan industrierna fortsatte att spy ut sina gifter, graderna stegrades och isarna smälte. Havsnivåerna höjdes allt eftersom. Skogarna som samlar in koldioxiden från alla utsläpp sågades ner i allt högre fart. Det var våra lungor de högg ner. Det var vårt syre.

Näringslivet och politikerna pratade om att tillväxten måste öka och konsumtionen stiga. Vi måste producera ännu mer el för att hålla maskineriet igång. Bla, bla, bla, var Gretas betyg på vad makthavarna gjorde för klimatet. Men de hånade också henne och lyssnade inte på det örat. Nu är vi där. Vid slutet. Det är år 2047 och 2048 kommer aldrig att födas. Vi är slut och vi har själva dödat vår jord och mänskligheten. Det gick något fortare än de flesta trodde men redan på 70-talet sa experterna att de utsläpp vi redan gjort påverkar klimatet i 50 år framåt och utefter det hade vi räknat ut att prognoserna med 1,5 % ökning av utsläppen var max vad vi klarade. Kanske var även den siffran för hög.

Nu sitter vi här och drar svårligen våra sista andetag. Det är tungt att andas. Det finns inte mycket syre kvar i luften och det enda vi kan glädja oss åt är att vi slipper kvävas till döds av syrebrist. Vi kommer istället att kvävas av drunkning.

Min fru sa: Jag känner mig tillfreds. Jag kommer inte att längta efter något jag haft eller velat ha. Det enda som var bra i mitt liv var du och dig kan jag inte ta med mig. För döden är ingen charterresa. Den sista resan gör var och en ensam utan bagage. Vi är för evigt ensamma i döden.

I morse hade min fru gett sig av ut i det stigande vattnet under natten. Hon orkade inte sitta och bara vänta på döden. Hon tänkte simma så länge hon orkade och sedan bara sjunka bort, skrev hon i avskedsbrevet. Jag förstår henne. En långsam död är värre än att göra något även om handlingen måste bli resultatlös. Mitt sätt är dock ett annat. Jag vill följa min tanke ut, till slut vilket jag bara kan om jag upplever hela slutet. Min väg och mitt beslut. Inget bra beslut men det finns inte längre några bra beslut. Det finns bara slut kvar av ordet beslut.

Som den sista människan på jorden blir min död inte en individuell död. Jag dör inte som individ. Min död är hela släktets död. Min död är min arts död. Människans själva utsläckande och utdöende. Med mig dör den sista människan. Därför är min död annorlunda än alla andra människors död. Något mycket större och värre än andra människor fått erfara. Till och med större än Jesus död oavsett om han funnits eller ej. Gör det då mig större? Nej, självklart inte på något sätt. Jag dör ändå oavsett min döds betydelse som sista levande människa på jorden. Ett faktum som ingen kommer att känna till eller någonsin kunna nedteckna.

Är jag då värdig att tala för hela mänskligheten? Att yttra hela mänsklighetens sista ord? Nej, troligen inte men å andra sidan är jag den enda överlevande som kan tala för mänskligheten nu. Det blir vad det blir och är vad det är: Så lev väl, jord, och återhämta dig. Vi ska inte störa. Människan kommer aldrig mer tillbaka. Aldrig.

Sensmoralen är att jorden har gått under flera gånger tidigare och nu återstår bara en enda möjlighet. Att göra ett misstag en gång kan vara förlåtet om man drar lärdom av misstaget. Att ständigt upprepa samma misstag är däremot oförlåtligt. Varje mänsklighet måste tvunget dra lärdom av alla misstag den gör. Att i ständig acceleration producera mer för att konsumera mer gör obönhörligen att jorden blir oanvändbar. Utsläppen ökar och syret med flera livsvillkor dör ut och är borta. Vi måste skapa ett annat samhälle, en annan form av samhälle som hushåller med resurserna. Vi måste skapa en annan människa med andra gudsbilder än Mammons att ständigt samla saker på hög.

Mänskligheten måste helt enkelt tillägna sig andra värderingar om vad som är viktigt i livet och därmed skapa bättre livsformer och livsmöjligheter. Annars går mänskligheten under och är borta för alltid från denna jord.

I begynnelsen

Adam och Eva 4.0

En dag kom Portalväktaren tillbaka för att hämta Adam och Eva och leda dem fram till Portalen. Dörren som gäckat de olevande i tusen efter tusen år.

Han vände sig till alla 26Rikets beboer och talade: Cirkeln är nu sluten. För ett oräkneligt antal tusen år sedan stod ni framför en portal. På den ena sidan portalen gick tiden. På den andra sidan hade tiden upphört. Den tidens portal var tidens ände.

Ni valde att passera genom portalen dit tiden hade upphört. Ni byggde upp en existens inom 26Riket. Ni har nu färdats hela cirkeln runt och gått från tidens ände till tidens begynnelse. Ni står framför den andra portalen som leder till tidens begynnelse. Ni ska nu överlämna Adam och Eva till mig. Jag ska därefter öppna portalen och leda in barnen så de kan återställa jorden och låta tiden begynna. Därefter ska ni ta vägen vid sidan av portalen för att fortsätta er existens som tidigare inom 26Riket. 26Riket utgör mellanrummet i cirkeln som bygger ihop portalerna mellan tidens ände och tidens begynnelse. Tidens ände har redan sprängts och finns inte längre. En tid efter Adam och Evas inträdande genom dörren till tidens begynnelse kommer även dörrens portal att implodera och försvinna. Det mellanrum ni tidigare levt inom blir då en rak linje där ni kommer att fortsätta existera i evighet. Inga av era existensvillkor har förändrats. Ni är fortfarande döda levande. Ni har bara gjort ett varv runt cirkeln. Det är allt.

Vi portalväktare bugar och tackar er. Utan er ovärderliga hjälp hade det inte gått att skapa nytt liv på jorden.

Alla frågor ni haft kring varför ni döden dog och vaknade döda har nu besvarats. Ni dog för att leva vidare i en annan form av existens och för att få uppgiften att hjälpa till med att skapa en ny värld. Ert syfte var att lära och utbilda Adam och Eva så att tiden på nytt kan begynna och skapa allt levande på jorden.

Jag sa: Då det är sista gången vi träffas undrar jag om jag kan få ställa en fråga? Självklart, svarade Portalväktaren. Vem skapade er? Var det

Gud? Mörkret skapade oss. Hur? Mörkret parade sig med nattens gudinna. Vi är sju söner och jag är den sjunde sonen. Nattens gudinna föder ju bara söner, som ni vet. Jag svarade: Tack för svaret. Nu vet vi allt!

Så öppnade Portalväktaren slättens ensamma dörr för Adam och Eva och lät dem träda in. Portalväktaren stängde därefter sakta dörren bakom dem. Adam och Eva var så ensamma med mörkret, det becksvarta ogenomträngliga mörkret. I begynnelsen var Mörkret...

Den nya världen visade sig inte skapas av sig själv när Adam och Eva inträdde genom portalen. De fick själva tillsammans lägga sista handen vid skapelsen. Den gamla världen hade imploderat och materien hade samlats i en koncentrerad tät, sfärisk boll att skapa en ny värld ut ur. Så kompakt och tung att inte hela mänskligheten hade kunnat rubba den ens. Allt vilade där förpackat i en enda klump. Nu skulle allt skiljas från varandra och som självständigt leva vidare. Varat från intet. Jorden från himlen. Det rätta från felet och friheten från ofriheten.

Eva lade försiktigt sin hand på klotet och ett oerhört svagt ljus lyste upp bollen. Det behövs din hand också, sa Eva till Adam. Han lade sakta och försiktigt sin hand på klotet och de kände att något vaknade till liv och sakta började klotet lysa allt mer.

Plötsligt rusade klotet bort och exploderade i en enorm smäll och kastade ut sitt innehåll. Ljus, sol, måne, stjärnor, natt och dag. Hav, landområden, slätter, berg, floder, träd, blommor, djur och mycket mera tog form och fick liv framför dem. En ny värld var född och människan hade fått en ny chans att skapa en värld i fred. Det var människans allra sista chans då Mörkret och Ljuset inte kunde skapa fler världar.

Så började då *Sagan om Adam och Eva* om närmast från början igen, för fjärde gången. Adam och Eva 4.0. Nya kapitel kommer att skrivas och nya händelser omtalas. Nya vägar ska skapas som kommer att skära genom den nya tiden. Många broar kommer att skapas och binda samman folk och områden. Om ingen väg finns mot målet så kommer de att skapa och bygga en väg. Adam och Eva kommer i makt av sin förvärvade kunskap från oss att bli ledare för det nya folket och den nya värld som kommer att uppstå kring dem. De kommer att vara födda ledare då de är de första människorna. De kommer att bygga en ny rättvisare värld på grundval av mänskliga rättigheter och likhet mellan kön och raser. De kommer att verka för enighet och jämlikhet mellan alla folken på jorden. Solidaritet ska bli ledordet för den nya människan. Du kan inte sträva efter ledarskap om du inte kan bygga broar. För ledarskap handlar om att bygga broar mellan olika människor och åsikter.

Så lever vi vår död liksom ni lever ert liv med den enda skillnaden att vi vet att vi egentligen är döda levande medan ni har inte har en aning om att era liv uteslutande beror på Adam och Eva 4.0 och att själva ert livs förutsättning är resultatet av att mörkret och ljuset parat sig.

En dag mycket, mycket långt senare kom Portalväktaren på besök. Han räckte mig en tjock bunt papper vars första sida innehöll rubriken Sagan om Adam och Eva 4.0. Portalväktaren sade: Detta är en mycket grov skiss till manus. Mest en händelsebeskrivning som jag nu ger dig i uppdrag att sammanställa till en bok. Vem som författat beskrivningen och hur det gick för de nya människorna är nu för mig att veta och kanske en gång för er. Ifall jag beslutar mig och förmår skriva ner och redigera det digra materialet jag anförtrotts.

Fotnot: De mytiska och berömda urtida grottmålningarna är ingenting annat än Adam och Evas komihåglappar i bildform, inhuggna i sten strax efter de anlänt till den nya världen. De högg in så mycket bilder de kunde för att komma ihåg vad beboerna i 26Riket hade lärt dem, de efter-levande människorna till godo.

Glöm inte att även köpa och läsa Frihetsboken II och Frihetsboken III som du hittar på bod.se. Frihetsboken I finns tillgänglig i artikelform på Frihetsbokens hemsida.

Kontakt: frihetsboken@protonmail.com

Hemsida: https://frihetsbok.wordpress.com/

Frihetsboken II: Texter: Motlivstexter & De Vilsevandrade: https://bokshop.bod.se/handbok-foer-aktivister-p-m-jonsson-9789180577168

Frihetsboken III: Handbok För Aktivister: https://bokshop.bod.se/frihetsboken-iii-p-m-jonsson-9789180576055